DÉPERDITION
DE LA CHALEUR HUMAINE

DU MÊME AUTEUR

LA LETTRE À HELGA, Zulma, 2013.
DU TEMPS QU'IL FAIT, Gaïa, 2020.

Toutes les illustrations/linogravures sont de Kjartan Hallur.

Titre original :
Kolbeinsey
Éditeur original :
Bjartur, Reykjavík

ISBN 978-2-330-17354-8

Bergsveinn Birgisson

Déperdition de la chaleur humaine

•••

roman traduit de l'islandais
par Catherine Eyjólfsson

Gaïa

Pour S. Ó.

I

LE CHAMP DE BATAILLE

Je suis un poisson des profondeurs, repoussé vers les eaux de surface, c'est ce que mon ami m'a dit en dernier, avant de raccrocher. Il est désormais interné à l'hôpital psychiatrique et cette phrase m'a hanté. Que voulait-il dire par là ? La faible clarté de ce matin de décembre filtrait par la fenêtre du salon. Les branches des arbres fléchissaient sous le poids de la neige qui s'y était scellée. L'herbe était parsemée de grésil, les fleurs fanées, brunâtres dans le parterre.

Une grive survint et tenta de happer un fragment de la boule de graisse suspendue qui virevoltait au vent. Mais la boule n'y était plus ; nous l'avions accrochée à l'automne. Je me disais que c'était pourtant maintenant que les petits oiseaux avaient besoin de nourriture. J'observai le filet de plastique vide qui pendouillait. Un filet à attraper le vent, ainsi qu'on a désigné la fiction.

La grive s'était posée au sol et fouillait avec ardeur parmi les feuilles brunes et givrées. Elle crèverait sans doute si elle ne trouvait rien à se mettre dans le bec.

J'ai pensé aux conférences que je devais donner. L'angoisse a commencé à remonter du plexus solaire pour envahir tout le corps, tel un poison paralysant. C'est sacrément inquiétant de sentir ce qui se passe ; on a une pensée et quelques glandes se mettent à sécréter des substances amères par tout le corps. Tous les courriels auxquels je n'ai pas répondu commencent à m'inonder l'esprit. Tout ce que j'avais promis. Et le manuscrit qui a bien l'air de s'être échoué définitivement…

C'est pourquoi a germé en moi la notion que la vie ne devrait pas être comme ça. Béni soit le bref soulagement qui survient parfois. J'étais un être humain, nom d'un chien. La forme de vie qui était mon lot me parut étrange l'espace d'un instant et il me vint à l'esprit que les gens sont souvent à mi-parcours dans leur existence quand ils traversent leur “enfer”. Mon heure était peut-être venue. La situation était calamiteuse en première mi-temps et s'annonçait mal pour la deuxième. Penser aux conférences me donnait la nausée, l'idée de me tenir devant des gens pour parler de choses auxquelles le cœur ne croyait plus. La création littéraire, pour quoi faire ? À quoi servent les histoires au juste ? La fiction n'avait pas réussi à me sauver. J'étais…

Est-ce que tu m'entends au moins ? Ma compagne s'était levée de la table du petit-déjeuner. Tu devrais aller rendre visite à ton ami. Tu n'as qu'à téléphoner à l'université et dire que tu as la grippe ; ça arrive même aux meilleurs. Il a besoin de toi maintenant, et peut-être – elle hésita et s'abstint d'énoncer ce qu'elle avait sur le bout de la langue, soupira par le nez, comme à son habitude, avant d'ajouter : d'une certaine façon… c'est peut-être à toi que cela ferait du bien. Tu es devenu distant, mon ami. Il faut crier tout ce qu'on a à te dire, comme si le poste récepteur était en panne. Nous habitons la même maison. Qu'est-ce qui nous a poussés à y emménager ensemble ? Cette femme bonne, à la voix si douce, vint m'enlacer par-derrière : Où es-tu, mon ami ? Où est passé mon ancien et joyeux compagnon ?

•••

Mon ami avait toujours été dépressif par intermittence, mais cette fois c'était différent, comme si tous les barrages avaient cédé, laissant une substance noire et visqueuse s'engouffrer dans son âme, tel un tourbillon à la rupture des digues. Selon le récit de sa mère, il abandonna la partie, ayant perdu l'envie de vivre plus longtemps. Il cessa de se lever et quand il en arriva au point de ne plus aller faire ses besoins, il fut interné au service psychiatrique.

J'avais toujours éprouvé de l'admiration pour cet ami et la nouvelle m'affecta beaucoup. Elle suscita d'abord en moi un mélange de compassion et de curiosité et il se peut qu'elle ait généré aussitôt le désir de lui venir en aide. Un sage a dit qu'il suffit bien de sauver un seul homme et qu'on n'a pas besoin de sauver le monde entier. J'avais eu pas mal de chance ces dernières années. J'avais mis sur pied une activité qui avait l'air de marcher et me permettait de m'en sortir correctement sans avoir à travailler du matin au soir, mais sans échapper pour autant à la peur que tout ne s'effondre si je lâchais les rênes. De ce fait, j'étais coincé sans pouvoir me dégager, et la friction constante du stress quotidien sur mon esprit avait fait de moi l'homme creux et sans qualités que j'étais devenu. La prétendue vie de l'âme s'était peu à peu évaporée. Il me sembla qu'étant le mieux placé il m'incombait de consacrer du temps à mon ami qui avait capitulé à mi-parcours. Il disait qu'il fallait agir concrètement et de façon rituelle, pour ne jamais céder au mensonge commun qui professe que le vrai sens de la camaraderie n'existe pas. Il se peut que je nourrisse alors l'espoir de revenir moi-même à la vie et de ressentir des liens non seulement avec mon ami dépressif, mais d'une manière générale avec le groupe, avec la beauté et ce bon vieux moi, si je m'y appliquais avec volonté et conviction.

Je décidai donc d'annuler mes conférences sous prétexte de grippe pour aller lui rendre visite et acheter une nouvelle boule de graisse à suspendre dehors pour la grive. Le rituel. Une idée m'était venue à l'esprit : je lui demanderais de me parler de ses sentiments, actuels et passés. Je voulais entendre leur histoire. J'étais sûr que cela l'aiderait à comprendre son propre renoncement et pourrait en outre renforcer nos liens d'amitié. Il dirait tout simplement ce qui lui passerait par la tête, car ce dont on se souvient le mieux est lié à de fortes émotions. Il pourrait évoquer les souvenirs affectifs qui lui viendraient en premier à l'esprit, en escamotant les détails sans importance, comme on se rappelle la répartie cinglante ou le compliment de quelqu'un, le sentiment que cela a fait naître, sans que les chaussures qu'on portait ce jour-là, l'aménagement du logis ou le temps qu'il faisait aient la moindre importance. Je lui dirais que j'en étais venu à détester la tendance littéraire de ceux qui s'escriment à "capturer la réalité" en décrivant comment la lumière d'une ampoule Osram de 60 watts vissée dans un lustre poussiéreux tombe sur la robe grise d'une femme rousse d'âge mûr en créant une ombre bleu foncé dans le creux des plis. Pourquoi ne disait-on rien de ce qui comptait vraiment ? Ou alors la blessure existentielle n'était-elle pas matière à création littéraire ? Avais-je mal compris le tout ?

J'avais le trac pour la visite. Et si je devenais dépressif à mon tour à la suite de notre rencontre ? J'imaginais cela en me mettant en route. Je ne pourrais plus payer les traites de la maison. On me confierait de moins en moins de travaux s'il apparaissait que j'étais enclin à la dépression. Les factures s'amoncelleraient. Ma bien-aimée me quitterait. Je serais ruiné. Le fusil de chasse.

Arrivé au moment de faire gicler ma cervelle sur un mur, j'ai ralenti et me suis dit à haute voix : Ça ne va pas. Nom d'un chien, il faut que je me reprenne en main ! J'étais à un feu rouge à ce moment précis, en proie à cette confrontation avec moi-même, quand j'ai jeté un coup d'œil à la voiture d'à côté. Une petite fille était assise à l'arrière. Elle avait les cheveux blonds et les yeux brillants. Elle semblait venue d'un autre monde. Lorsque nos regards se croisèrent, elle me sourit et me fit un signe de la main, baignée des rayons dorés du soleil hivernal. Je ne réussis pas à lui rendre son salut. Les mains sur le volant, je la regardai fixement. Un coup de klaxon derrière moi me ramena à la réalité.

Là, au feu rouge, le rêve que j'avais fait pendant la nuit m'était soudain revenu en mémoire. J'avais eu l'impression d'être au théâtre avec ma compagne et il y avait dans l'air une impatience joyeuse. Le rideau se leva et des danseurs vêtus de gris entrèrent en scène. Ils portaient des cache-sexes exagérément volumineux sous leurs collants, sans doute pour symboliser une virilité débordante. Ils se maintenaient en ligne et formaient un mur ou une palissade en se tenant par la main. Ils firent des pas de côté avec une coordination parfaite, comme un mille-pattes humain. Cette danse était accompagnée par les coups d'archet endiablés d'un violoncelle. Devant eux sur la scène il y avait un danseur plus petit, vêtu de blanc. Il était agile et s'efforçait de se frayer un passage entre les hommes en gris, mais ceux-ci serraient le rang et le repoussaient, sans ménagement, à ce qu'il me sembla. C'était comme s'il n'y avait aucun moyen pour le danseur blanc de passer au travers. Il devint triste et je partageai en rêve son état d'âme. Il faisait pourtant tout ce qu'il pouvait ! Au moment où la partie semblait perdue, une femme vêtue de noir apparut. Le visage blême, l'air sévère, elle avait ces yeux sombres et fixes dans lesquels on ne veut pas plonger les siens. Elle tenait le rideau qu'elle tira derrière elle, cachant la scène où s'ébattaient les danseurs. Ceci fait, elle se tourna vers nous, les spectateurs, et cria : Rentrez chez vous ! Il n'y a rien là-derrière !

Et les gens dans la salle applaudirent avant d'obtempérer ; tous, sauf ma compagne et moi. Nous restâmes assis ; je ne voulais pas croire que ce fût fini. La femme a sorti alors un fusil de chasse qu'elle a braqué sur nous. Je me suis réveillé avec le sentiment que ce n'était pas juste, qu'on nous avait escroqués en nous privant du spectacle qui continuait derrière le rideau, et que le danseur blanc avait peut-être réussi de manière inexplicable à se frayer un passage à travers le mur gris, en leur donnant le change de quelque façon. Je me suis réveillé avec une résonance de compassion pour le danseur blanc au fond de ma conscience. Les sentiments des rêves s'évaporent comme le goût d'un fruit rare, et ils *sont* des fruits rares – j'ai honte de la négligence que je mets à les consigner. C'était à quatre heures et demie du matin. L'heure où surviennent tous les rêves importants.

•••

J'ai été accueilli au service psychiatrique par un personnel aimable et l'on m'a conduit à la chambre de mon ami. Il était couché et tournait le dos à l'unique siège destiné au visiteur. C'était un fauteuil Ikea, du genre qui me raidit toujours le dos. La fenêtre donnait sur un jardin à l'arrière de l'hôpital, avec une pelouse et quelques sorbiers dénudés. Mon ami avait les cheveux en broussaille. Je m'adressais à son dos, ce qui était bizarre : je n'étais pas sûr qu'il enregistrât quoi que ce fût de ce que je disais. Et si c'était le cas, ça ne lui faisait pas spécialement plaisir. Je finis par lui soumettre mon idée : je pourrais venir chaque jour passer quelques heures à l'écouter, s'il voulait parler des sentiments qui l'agitaient, car j'avais envie de l'aider si je pouvais, s'il pensait que cela pourrait lui être utile, je viendrais l'écouter. Aucune réaction de sa part. Je perçus le son d'une petite radio dans un coin de la chambre et me levai pour l'éteindre. C'était une émission sur la mise en musique de poèmes eddiques, et que j'avais déjà entendue dans ma voiture. Au moment où j'allais éteindre, Sveinbjörn Beinteinsson, le grand prêtre des Ases, récitait une strophe du poème *Hávamál** qui prodigue des conseils aux humains. Je gardai la main sur le bouton, attendant qu'il la déclame :

Je sais que j'ai été pendu
dans le grand arbre du monde
neuf nuits entières,
transpercé par une lance
et sacrifié à Odin,
sacrifié à moi-même,
dans cet arbre
dont nul ne sait
où gisent les racines.

Puis j'éteignis. Je plaçai mon portable sur la table près du lit et mis ma veste sur le dossier du fauteuil. Je lui dis que, s'il le souhaitait, je pourrais enregistrer ce qu'il dirait sur le téléphone. Il pourrait même se servir de ces éléments plus

---

* Les poèmes eddiques dont la tradition orale remonte au IXᵉ siècle, ont été transcrits au XIIIᵉ siècle. Ils se réfèrent à la mythologie des pays nordiques. *(Toutes les notes sont de la traductrice.)*

tard dans sa future autobiographie, ou les foutre en l'air s'il voulait. Je lui enverrais l'enregistrement avant de l'effacer. Ça pourrait l'aider à se voir de l'extérieur, s'il écoutait son propre discours et, qui sait, contribuer à sa compréhension et à son rétablissement.

Au bout d'un bon moment, il se retourna vers moi avec un grand soupir. J'ai eu un choc en voyant sa figure. Il n'était déjà pas le plus beau des hommes, mon ami dépressif. Il était tout enflé, les gros sourcils proéminents à la base du front et les pommettes très accentuées, tout comme les maxillaires qui ressortaient – il avait un visage masculin. Les yeux étaient injectés de sang, mais noirs aussi de souffrance. Il avait des sécrétions au coin des paupières et de la bave à la commissure des lèvres du côté droit, qui avait reposé sur l'oreiller. Sa barbe avait poussé, maigre et négligée sur un visage blême. Il avait des poches bleuâtres sous les yeux et des pattes-d'oie qui s'étiraient jusqu'aux oreilles. Il ressemblait à une pierre blanche tombée du ciel.

Il me regarda. Puis baissa les yeux et dit : Tu ne crois plus à la poésie. Bien que tu sois pendu dans un arbre comme Odin, l'acquisition de la sagesse ne t'intéresse pas. Tu es devenu un pauvre diable aux yeux vides.

Ça m'a fait un coup. Je me suis efforcé de faire bonne figure en disant : Eh ben, joyeux Noël à toi aussi ! Ajoutant qu'il savait pertinemment que je lui voulais du bien et que je venais en ami. J'ai repris mon portable sur la table de nuit entre nous. Elle était recouverte d'une nappe de Noël rouge, brodée de clochettes dorées surmontées de feuilles vertes et de baies noires de genévrier. Je m'en souviens précisément parce que j'étais ému.

Il a crié pour me demander si je ne voyais pas que le sentier qui nous reliait autrefois avait disparu sous les herbes folles ! C'était à l'image de nos relations ces derniers temps. Est-ce que je croyais vraiment qu'en débarquant soudainement, tout serait au top ? Je fis "quoi ?" sans savoir quoi répondre.

Après cela, ce fut comme si toute raison avait disparu de son discours et il se mit à débiter que je la draguais, que je flirtais avec elle. Je ne comprenais rien à ce qu'il voulait dire et quand il a élevé la voix et s'est mis à hurler, une infirmière a fait irruption et appelé de l'aide avant de se coucher sur le malade pour l'immobiliser. Elle avait un écouteur à l'oreille et a ameuté l'équipe de garde en commandant "des calmants pour la 14". Il y a eu un gargouillement en guise de réponse, ce qui indiquait qu'il s'agissait d'un système radio interne plutôt que du téléphone.

Il se mit à crier encore plus fort. Je craignais qu'on ne l'entendît dans le couloir et que tout cela ne fût ma faute. L'infirmière lui faisait "chut !" en essayant de le calmer. Elle avait l'air étonnamment costaud et le contenait de toutes ses forces.

C'était dur de voir la maladie mentale s'emparer de mon ami. Un autre membre du personnel apparut, muni d'une seringue, retourna le corps sur le côté pour la lui planter dans la fesse. Mon ami dépressif s'affaissa. Ça faisait mal de l'observer bouger un peu au début, puis, toute résistance évanouie, laisser sa tête pendre de côté, comme s'il l'avait "perdue". Je fus bouleversé d'être le témoin d'un traitement aussi brutal sur mon ami et je leur demandai carrément si c'était permis de nos jours ?

L'infirmière m'accompagna dans le couloir et me dit qu'il pourrait s'avérer difficile de communiquer avec lui, qu'il avait manifesté dernièrement une tendance à la violence. Cela m'a paru vouloir justifier la piqûre et me faire comprendre qu'ils agissaient de leur plein droit. Tandis qu'elle parlait, son visage demeurait singulièrement inexpressif, tout comme il l'avait été au plus fort de la crise. Selon elle, je devais essayer d'envisager la vie sans lui pour un bon bout de temps. Ils ne savaient pas encore grand-chose car le malade était toujours en observation mais tout indiquait une schizophrénie sévère outre une psychose maniacodépressive accentuée qui s'était manifestement développée depuis si longtemps qu'elle avait abouti à une symbiose avec la personnalité. Les troubles de la personnalité peuvent être graves, ajouta-t-elle à voix basse, comme s'ils l'étaient trop pour pouvoir les énoncer tout haut.

Une fois rentré à la maison et prêt à me mettre au travail, je n'ai pas pu chasser de mon esprit les cris de mon ami hurlant que tout était ma faute, non plus que son évocation du sentier devenu impraticable entre nous. C'est alors que j'ai commencé à me rendre compte de la situation dans laquelle il s'était enlisé. Je trouvais très dérangeante la façon dont l'infirmière parlait de lui au passé – à quel point il y avait peu d'espoir de guérison pour lui, et je ressentais l'injustice dont elle faisait preuve en considérant mon ami paisible et poète comme un individu enclin à la violence. Je comprends bien que le personnel des hôpitaux doive se garder d'éveiller de faux espoirs, mais à en juger par le discours qu'elle avait tenu, il s'agissait ici de démolition pure et simple.

Le soir, je me suis mis à feuilleter le premier manuel au monde sur la dépression, que j'avais acheté un jour au cours d'un voyage : *L'Anatomie de la mélancolie* de Robert Burton. Je trouvais cette maudite infirmière aussi encourageante que Burton lorsqu'il évoque en 1621 ceux qui ont la mélancolie chevillée au corps : "S'ils entendent, lisent ou voient quelque chose d'horrible, cela s'attache à eux, ils redoutent la mort tout en étant las de la vie, dans leur mécontentement ils se querellent avec le monde entier... et du fait qu'ils ne peuvent manifester leurs passions autrement, ni corriger ce qui va de travers à leur avis, ils finiront punis par une mort douloureuse."

•••

J'ai laissé mon ami tranquille pendant quelque temps. Chaque fois que son visage enflé et ses remarques blessantes me revenaient en mémoire, je m'appliquais à les chasser de mon esprit. Je ressentais pourtant une certaine tristesse à la pensée que notre amitié pourrait finir par se rompre. Je trouvais l'idée perturbante : Et tous les souvenirs que nous avions en commun ? Est-ce qu'ils disparaîtraient purement et simplement et ne feraient plus partie de mon existence ? Comme si l'oubli n'engloutissait pas tout de toute façon, sans avoir besoin d'aide. Nous avions été amis depuis la plus tendre enfance, du plus loin qu'il m'en souvînt. N'étions-nous pas alors en train de sacrifier ce que nous possédions de plus précieux – les souvenirs ? Il faut pour cela une telle implacabilité, que ce n'est tout simplement pas juste. Et puis qui lui prêterait l'argent du loyer la prochaine fois qu'il serait en difficulté ? Qu'est-ce qu'il deviendrait ?

Il y avait aussi un élément qui changeait la donne, quand on y réfléchissait aux moments de sincérité. C'était le fait que je menais une vie sans contenu. Toutes mes pensées tournaient autour du maintien de cette vie de free-lance. J'avais cessé d'écrire de la poésie et ne lisais quasiment plus rien, à moins que cela ne servît mes intérêts immédiats, aucune fraîche métaphore ne me venait à l'esprit, je ne jouais plus avec la langue. Je stagnais intellectuellement et il n'y avait plus en moi qu'un résidu grisâtre au lieu des étincelles qui jaillissaient naguère, comme il en va de ceux qui commencent par penser à ce que les gens veulent entendre, plutôt que leur parler tout droit du fond du cœur. Je ne pouvais plus aborder un sujet quelconque avec une force de conviction ou un enthousiasme comparables aux siens. Il y avait assurément chez moi matière à justifier ses piques. J'étais en quelque sorte un pauvre diable creux.

Je l'enviais, tout en ayant de l'affection pour lui, surtout quand je constatais à quel point il était démuni dans la vie moderne. Je m'étais rendu compte depuis longtemps que nous ne suivions pas des voies parallèles. J'étais devenu un de ces individus méprisables qui avaient tourné le dos à la création littéraire et il l'avait senti. C'est pourquoi les vannes qu'il me lançait avaient durci avec le temps – le pic ayant été atteint au cours de ma visite au service de psychiatrie. J'en avais été blessé et cela me restait en travers de la gorge. Je l'avais rencontré épisodiquement ces dernières années, à intervalles de plus en plus espacés. Je lui prêtais de l'argent, qui ne revenait jamais, mais que je ne regrettais pas. En dépit de tout cela, je ne comprenais pas pourquoi c'était *lui* qui devait être hospitalisé en psychiatrie pour dépression sévère, plutôt que moi.

Noël est arrivé, puis reparti causant du chagrin, comme a dit le poète. Alors que j'évoquais mon ami auprès de ma compagne, elle me fit remarquer que ses réactions étaient monnaie courante chez les dépressifs. Ils contre-attaquent, engueulent les gens à coups de mots blessants. Il fallait comprendre qu'ils n'étaient plus eux-mêmes. Le mieux était d'ignorer ces réactions, de ne pas les prendre personnellement. La personne dépressive est comme nue et pleine de honte ; elle ne veut pas que les autres viennent la regarder. C'est pourquoi elle les repousse et c'est pourquoi tout l'horripile. Il faut que tu gagnes sa confiance, ajouta-t-elle. Que tu lui montres que tu es son ami, même s'il n'est pas tendre avec toi. Elle voulait dire que je devais mener mon plan à son terme et qu'il finirait par s'ouvrir, mais que ça pourrait prendre du temps.

Comment se fait-il que ma bien-aimée ne m'ait pas quitté depuis longtemps. Que peut-elle bien voir en moi ? me demandais-je, en marmonnant que je ne la méritais pas. Elle était belle et bonne, mignonne et douce, tandis que je n'étais qu'un pauvre type esquinté qu'elle ferait bien de larguer. Tout ce que je voulais, c'était qu'elle soit heureuse, comme ça, comme sont les gens chez eux, dans leur maison. Je ne ferais que l'entraîner vers le fond avec mes problèmes et finirais par faire couler notre relation, or je ne voulais pas qu'elle se noie avec moi. Elle me répondit que ce serait un "bon naufrage*" – comme on disait dans le Sud du pays autrefois –, et ses paroles firent apparaître sa fossette.

---

* Les habitants de la côte sud désignaient ainsi les épaves de navires échoués dont ils s'appropriaient le matériel et le chargement.

Elle me caressa les cheveux en descendant jusqu'à ma joue, sachant que je deviens toujours tout petit à ce contact. Elle ajouta : Il ne faut pas capituler, mon ami.

•••

Et dans ma tête remontèrent les souvenirs du temps où mon ami dépressif était au faîte de sa gloire. À l'époque où nous voyagions en Europe avec l'Interrail et où il pouvait rester assis des heures entières à contempler le rideau frémissant au vent – qu'il décrivait comme une danse accomplie – ou bien à observer le vieux couple assis près de nous dans le train. Des gens âgés qui se connaissent parfaitement tout en continuant de s'aimer – ce qu'il déclarait être la plus grande merveille du monde. Personne n'y prête attention et les rares fois où cette merveille a lieu dans une société humaine, on la considère comme allant de soi. C'est ainsi qu'il s'exprimait, mon ami dépressif.

Lors d'un autre voyage au cours duquel j'avais réussi à le convaincre de m'accompagner à un concert à Stockholm, je me souviens d'un incident à l'aéroport d'Arlanda. Mon ami était resté comme fasciné par quelques hommes qui attendaient leur vol. Deux d'entre eux étaient en costume-cravate ultrachic, le troisième, en chemise un peu fripée et sans cravate, se tenait près d'eux et leur causait, sans dire grand-chose. Mon ami captivé les regardait si fixement que je craignais qu'ils ne s'en aperçoivent. Quand ils furent partis, il se tourna vers moi, chuchotant comme s'il avait été témoin de quelque chose d'extraordinaire : T'as vu ça ? Je ne comprenais pas où il voulait en venir.

Il me dit que cet exemple était symptomatique à la fois de la perdition et de l'espoir, dans le mode de vie qui régnait à présent. Cela avait été comme un spectacle révélateur, si ce n'est que les sentiments dont il avait été témoin n'auraient jamais pu être captés sur la scène. C'était, selon lui, le théâtre de la réalité. Les riches lui avaient semblé, à les entendre, être norvégiens et s'occuper de saumon. Celui qui se tenait près d'eux avait l'air d'être un peu plus jeune ; ses vêtements révélaient qu'il était de classe inférieure, mais qu'il avait percé grâce à son zèle, atteint quelque position supérieure et mis sur pied une entreprise de bon aloi que les deux autres envisageaient sans doute d'acquérir ou de s'y associer. Les deux nantis travaillaient manifestement à acheter le fruit des efforts des autres pour le revendre à leur profit. Le mépris se lisait sur les traits de l'homme de condition modeste, pas l'envie, non, mais bien du mépris, selon mon ami. Il devinait que cela provenait du fait que cet homme avait grandi dans des conditions précaires, soit dans une ferme, soit dans un petit village et ces circonstances l'avaient façonné, lui inculquant un sens de la justice et de la solidarité qu'il avait un mal de chien à concilier avec sa fréquentation des "élus", ainsi que mon ami dépressif désignait les deux autres personnages.

L'homme à la chemise fripée s'efforçait de dissimuler sa haine. Il souriait un peu de temps à autre, plaçait un monosyllabe en riant pour donner à penser qu'il était bien là. Et il se prêtait tant au jeu dans son numéro de mime que les autres semblaient le croire, sans percevoir le dégoût qu'ils lui inspiraient. Selon mon ami, la haine transpirait de ce sans-cravate, tandis que les deux autres se moquaient des "losers" qu'il est jouissif d'écrabouiller ou bien d'acheter. Les représentants de l'élite parlaient avec condescendance au sans-cravate, étant sans doute précisément en train d'acquérir une grosse part des actions de l'entreprise qu'il avait fondée au prix de longues années de labeur, et dont ils empocheraient ensuite le bénéfice.

Ils parlaient de quelque chose comme ça, a dit mon ami dépressif, et dans la soumission forcée du sans-cravate on pouvait lire ceci : il se trouvait entre deux mondes inconciliables. Celui de sa morale où il avait sans doute grandi parmi des losers chaleureux et compris que tous les hommes étaient solidaires – ce qu'on ne peut ignorer dans les petites sociétés. Et celui glacé des élus, nés de toute évidence dans la classe des grands bourgeois, qui posaient un regard méprisant sur ceux du bas de l'échelle.

Cela ne fait que poser la question sans donner la réponse, ajouta mon ami après une courte pause, tout en ingurgitant le sandwich que je lui avais acheté. La question est en fait la suivante : Que va devenir le jeune sans-cravate quand les autres l'auront cravaté ? Perdra-t-il le contact avec ses origines et le sens de la justice dans son nouvel environnement, au point que son aversion pour les valeurs et les références des autres se muera en haine de soi, alors qu'il sera contraint de s'y conformer lui-même ? Et puis ça passera, comme pour le trésorier qui, détournant de petites sommes, s'aperçoit que c'est OK, pas si dangereux que ça, et vole ensuite de plus en plus. La question étant de savoir s'il s'efforcera alors d'éliminer la dernière trace de conscience morale qui lui reste, en se justifiant mentalement par des *c'est comme ça* et par la notion qu'il lui faut suivre la musique. Il essaiera peut-être d'alléger le malaise qu'il aura au cœur en finançant une salle de sport dans le village de son enfance, parachevant ainsi la métamorphose qui lui permettra d'entrer de plain-pied dans la course de ceux qui volent les biens de tous ?

Ou le contraire ? a demandé mon ami, tout feu tout flamme, en engloutissant son sandwich.

Le sens de la justice survivra-t-il en son sein et le poussera-t-il à renoncer à tout, quand il aura assuré ses arrières, pour ne pas sombrer dans une dépression inhumaine assortie d'une insensibilité affective ? Appréciera-t-il davantage de pouvoir regarder son semblable dans les yeux avec la solidarité et l'honnêteté qu'on lui a inculquées ? Notre avenir dépend en fait des sentiments auxquels nous donnons le pouvoir. La lutte pour l'avenir repose sur la question de savoir si l'on peut, ou non, arracher aux hommes leurs sentiments profonds. Solidarité, respect de la nature et perception de la beauté s'opposent à cupidité, égoïsme et haine de l'homme. Le champ de bataille de la vie réside dans l'affectivité, et l'avenir de la terre dépendra du paquet que nous choisirons.

C'est ainsi qu'il s'exprimait, mon ami dépressif, et cela à partir de trois types qu'il avait vus à l'aéroport. Quand ce genre de souvenirs m'assaillit, il m'apparut que je ne pouvais pas renoncer à le remettre sur pied. Je savais qu'il n'avait guère de proches parents. Qui d'autre devait l'aider, sinon moi ?

•••

Je n'ai pas eu de meilleure idée que d'emporter des bougies, lorsque je suis retourné lui rendre visite. Il est bien connu que les gens ont moins tendance à se disputer si une bougie est allumée entre eux. Elles étaient camouflées dans une grosse couronne de l'Avent, bien qu'on fût proche de la fête des Rois. Un peu de lumière – un peu d'espoir. Quand je débarquai, il était assis dans son lit, adossé à des oreillers. Il présentait mieux ainsi mais son visage restait enflé et le regard vide de ses yeux injectés de sang était fixé sur le mur blanc face à lui. C'est étonnant à quel point l'ambiance peut être froide dans un service psychiatrique ; justement là où des plantes vertes et des tableaux colorés devraient la raviver. Ses mains étaient posées de chaque côté sur la couette, un peu comme des corps étrangers. Cela m'a rappelé son humour bizarre qui se manifestait par des dictons que nul ne comprenait, du genre : Si tes mains sont impossibles, jette-les.

J'ai allumé quelques bougies de la couronne et me suis installé, sans qu'il me prêtât la moindre attention. J'ai répété avec hésitation que je voulais bien l'écouter. Muet, il fixait le mur. Quand le silence est devenu pesant, j'ai commencé à tuer le temps en baratinant à propos de ci ou de ça, comment ça allait pour mon fils et les dernières nouvelles de nos camarades communs. Je lui ai parlé de mon ex, en ajoutant que tout était comme avant, malgré les nombreuses années écoulées depuis le divorce. Je m'efforçais de parler bas et avec douceur, mais j'ai fini par me taire, ayant l'impression que ce papotage n'était pas de son goût. L'infirmière est entrée avec un plateau portant la ration de pilules et un verre d'eau. Cette fois je me suis mis à examiner la femme, n'étant pas aussi secoué que la dernière fois. Je constatai alors que les traits de son visage m'évoquaient une autre femme que j'avais vue récemment, sans pouvoir me rappeler où. Ce visage sans vie restait gravé dans l'âme sans qu'on puisse l'oublier. Mon ami a englouti les cachets les uns après les autres et demandé si c'était de l'Effexorine, elle a dit oui. Est-ce que c'était de la Paxilline ? Et ça de l'Asséléfan ? Oui, c'est juste, a-t-elle dit, le félicitant pour sa mémoire. Assez pour assommer un éléphant, a-t-il lancé. Elle lui a souri d'un air maternel. Il semblait disposer les pilules dans sa bouche et on lui a donné à boire pour les avaler.

Quand elle est partie, il s'est penché au bord du lit et a craché par terre tous les cachets. Je suis allé aux toilettes chercher du papier hygiénique pour essuyer, avant de jeter les pièces à conviction dans la cuvette et tirer la chasse d'eau. Je l'ai félicité de son habileté à bluffer l'infirmière.

Il a dit que toute cette saloperie de pilules reposait sur l'hypothèse que la dépression provenait d'une insuffisance de sérotonine au niveau du cerveau. Hypothèse qui n'a jamais été confirmée – non plus que démentie. Ce qui a été prouvé en revanche est que les gens auxquels on a administré des médicaments réduisant la sérotonine du cerveau ne deviennent pas plus dépressifs. L'industrie pharmaceutique n'en a rien à foutre. Lesdites pilules auraient plus d'effet si elles étaient en sucre – on absorberait alors le placebo sans devenir un pauvre diable impuissant et trempé de sueur.

Nous sommes restés un bon moment sans rien dire. Dans le but d'alléger l'atmosphère, j'ai énoncé que si la plupart étaient dans la merde, lui s'y trouvait au superlatif. Ça ne l'a pas fait rire ; il s'est contenté de me fixer de ses yeux assombris, non dépourvus pourtant de sympathie. Son regard s'est reporté droit devant lui et il a murmuré, ressassant, à ce qu'il m'a semblé, que l'infirmière était dangereuse. Il n'avait plus sa tête à lui.

Ne sachant que dire ni que faire, je me mis à lui confier que je retrouvais plus ma voix. Je ne suis rien, absolument rien. Comme c'était bizarre que je vienne ici pour tenter de lui venir en aide et l'inciter à parler de ses sentiments, alors que j'étais moi-même devenu insensible ! Cela arrivait peut-être aux gens d'âge mûr, ce qui expliquerait pourquoi seuls les premiers livres des écrivains avaient de la valeur…

Conneries que tout ça, m'interrompit-il, mais sans en dire plus.

Je commençai à lui raconter que j'avais lu récemment dans des livres de neuropsychologie qu'il y avait dans mon cas un signe évident d'atonie affective. Que c'était du lobe frontal du cerveau, le *cortex préfrontal* comme ils disent, où prennent naissance les émotions, qu'une vibration électrique suivait les voies de transmission des messages nerveux jusqu'au centre du cerveau, à l'amygdale, le vieux cerveau animal. Je pensais qu'il n'y avait aucune impulsion électrique dans mon lobe frontal à moi. Si c'est le noyau de l'homme, il est en bonne voie d'être sclérosé, dis-je à mon ami dépressif. Et là, dans le lobe frontal gauche, se trouve le siège de la résistance à l'ingérence du monde, à ce qu'ils prétendent, et tu peux être sûr que cette résistance ne vaut rien chez moi. Elle est inopérante, comme chez l'Américain qui a reçu une barre de fer en travers du haut du crâne. Il s'est tout simplement transformé en bête, à ce qu'on dit. Il était normal à tous points de vue : gestes équilibrés, langage impeccable, mémoire excellente, mais il n'y avait plus d'affectivité en lui. Il se comportait de manière grossière, dénudait sans pudeur ses organes génitaux devant des jeunes femmes, disant et faisant ce qui lui venait à l'esprit. Il passait d'une chose à l'autre, incapable de fixer son attention sur rien, et c'est dans ce sens que va toute notre existence, telles que je vois les choses. Tout était désormais banal et plat pour lui ; il ne pouvait même pas se plaindre, tant il était devenu insensible.

Cela s'est passé au XIXe siècle aux États-Unis et les neuropsychologues ont adoré ce cas. Le bonhomme s'est joint à un cirque ambulant où on l'exhibait en racontant son accident et en exposant la barre de fer qui lui avait traversé le crâne. C'était étonnant qu'il ait survécu et il ôtait son chapeau pour montrer le trou à l'avant de sa boîte crânienne – il était devenu "célèb" comme l'homme-éléphant. Mais c'était une bête, ou pire qu'une bête, car ce qui fait le plus de ravages sur la terre est l'anesthésie des sentiments chez les gens, dont bon nombre sont en train de devenir indifférents. Ça me déprime de penser à ça, dis-je à mon ami dépressif qui, à ma grande surprise, se ressaisit pour émettre :

C'était donc juste, ce que disaient les Anciens : L'homme pense avec le cœur, pas avec le cerveau.

Exactement ! m'écriai-je, tout content de renouer un lien avec mon ami. C'est exactement ce qu'ils disent, que le cœur représente les sentiments, car cet ouvrier, par exemple, qui a reçu la barre de fer à travers son cortex préfrontal, ne pouvait plus penser logiquement ni raisonnablement parce qu'il n'éprouvait plus de sentiments ! Il ne pouvait rien faire, rien produire, ni matériellement ni spirituellement, il ne savait plus donner ni recevoir, car il faut des sentiments pour accompagner ces actes ; il n'était plus sortable. Même le cirque a renoncé à lui. Il s'est querellé avec les clowns, les nains, et même les dresseurs de lions endurcis en ont eu marre de lui. C'est de la même façon que nous voyons des gens se dresser les uns contre les autres sur les réseaux sociaux – je veux dire que c'est en train de nous arriver à tous, lentement mais sûrement, et dès que nous perdons le contact avec nous-mêmes, les algorithmes s'emparent des lambeaux de l'existence humaine. La machine s'approprie ce que nous perdons.

Alors qu'Orwell écrivait que la personne ne possédait plus rien, si ce n'est quelques centimètres cubes de matière grise à l'intérieur du crâne, car tout le reste appartenait à Big Brother, Zuckerberg & Cie de la Silicon Valley gagnent à présent de plus en plus de terrain dans le cortex préfrontal, cette partie du cerveau que la civilisation a ajouté au cerveau animal au fil de millions d'années, l'outil noble et extrafin, la clé de la survie de l'espèce qui a développé un sens d'appartenance au groupe. Avec son lobe frontal, l'homme a réussi à déchiffrer les signes de la nature et à percevoir les dangers émanant de groupes ennemis ou de bêtes sauvages. Il a été aux aguets des bruits, et plus tard des signes émis par d'autres groupes pour pouvoir réagir, toujours en éveil avec son lobe frontal. Maintenant ce sont Facebook, Twitter, Instagram, Snapchat, TikTok et j'en passe, outre le flot ininterrompu de fausses nouvelles, de mensonges agressifs et de pornographie, qui sont en bonne voie de conquérir cette zone délicate et extrafine de notre cerveau. Ils ont fait du lobe frontal un champ de bataille, résumai-je à mon ami dépressif, ou plutôt une piste disco où l'on danse au son des *pensées et sentiments qu'ils décident pour toi.*

Mon ami dépressif avait écouté mon discours avec patience. Quand je fis une pause, il prit la parole de sa voix posée :

On pourrait croire que c'est toi le dépressif. Tu parles du mal de notre temps, sans avoir toi-même de sentiment profond. C'est comme si tu parlais de toi. Il y a quelque chose d'autre en dessous, qui provoque ce pessimisme. Quelque chose que tu n'as pas encore réussi à agripper. Tu débarques ici et montes sur tes grands chevaux, comme Bergþóra dans la saga de Njáll le Brûlé, à propos de l'insensibilité de l'époque, alors que tu n'as même pas l'air de pouvoir éprouver de l'empathie pour moi.

Chacun est responsable de son feu, ou foyer, disaient les anciens et, en ce qui me concerne – il soupira, le regard à nouveau fixé droit devant lui –, je me sens comme naufragé sur le foutu récif de Kolbeinsey. Et encore plus depuis ton arrivée.

Les bras m'en tombèrent. Il savait frapper là où ça fait mal, mon ami dépressif. Je ne sais pas pourquoi, je ne veux pas dire que je sois masochiste, mais j'ai voulu qu'il continue de parler, il pouvait m'infliger une correction à sa guise : Corrige-moi ! C'est ce que j'avais envie de lui dire. Il pouvait, nom d'un chien, me cingler de son fouet pour que je ressente quelque chose ! Je savais qu'il était plus doué que moi, qu'il avait la profondeur d'un gouffre et savait y faire avec ce genre de cafouillage émotionnel.

Mais survint alors quelque chose qui rompit la bonne connexion qui s'établissait entre nous. Au moment où mon ami dépressif s'était enfin mis à parler, ressurgit l'infirmière. Elle annonça que l'heure des visites était terminée. C'était typique. Il fallait toujours que quelqu'un vienne s'interposer entre mon ami et moi. Cette bonne liaison avec une personne qui vous comprend, c'est comme un bain rafraîchissant pour le cœur, et on ne peut jamais en profiter en paix !

•••

Je me déclarai malade et remis toutes mes conférences à plus tard. Cela me coûterait cher, me mettrait peut-être sur la paille, mais quelque chose me soufflait l'ancienne sagesse que le poète Gunnar Ekelöf avait formulée ainsi : c'est le déraisonnable qui est raisonnable, en fin de compte. Qui sait si mon ami dépressif ne se relèverait pas comme le phénix, si je me consacrais à lui ?

Il est courant que les visiteurs des patients hospitalisés dans le service psychiatrique commencent par déballer leurs propres épreuves et leurs crises. C'est peut-être une tentative impotente visant à dire au malade que le visiteur connaît par expérience ce que son ami traverse, une sorte de soutien à la "je-te-comprends-si-bien", produisant bien entendu l'effet inverse sur le malade qui perçoit le visiteur comme fabriqué de toutes pièces et en ressent plus de solitude que jamais.

Je suis malheureusement tombé dans ce piège, peut-être du fait qu'il ne voulait pas parler spontanément ce matin-là, se contentant de maintenir en l'air un regard fixe, droit sur la lampe tubulaire du plafond. Je ne savais pas quoi dire ou faire pour l'aider. Et sans crier gare, je me suis mis à lui relater un incident survenu récemment avec mon ex-épouse, la mère de mon garçon. C'était un incident banal qui avait tout de même ficelé en moi un nœud affectif inextricable, quasiment relié au système nerveux et qui restait là, pris comme un poisson dans un filet perdu. Les émotions qui en résultaient explosaient en lumières aveuglantes accompagnées d'un bourdonnement assourdissant. En même temps, je sentais brûler en moi un feu intense suggérant que le premier à s'en approcher serait réduit en cendres. C'est cette violence chauffée à blanc qui mène à la perte si l'on n'arrive pas à la juguler.

Ça s'était passé peu avant dix heures du soir, quand mon fils, ma nouvelle compagne et moi avions passé ensemble un joli moment festif plus tôt dans la soirée. Mon fils a totalement adopté ma nouvelle amie comme une maman-en-prime, ce qui n'est pas étonnant car elle adore les enfants et est très patiente avec lui. Ça m'a fait plaisir à voir. Je m'étais procuré un genévrier, comme dans la chanson de Noël, l'avais calé dans le trépied *ad hoc*, où il faisait aussi bonne figure qu'un vrai sapin, et nous avions dansé autour en chantant tous les couplets de la chanson, que nous connaissons par cœur. Nous avions "lavé notre linge" et étions "arrivés chez les hommes". J'avais préparé des perdrix des neiges* et nous avions fait un flan aux dattes, le dessert préféré de mon fils. Il avait ensuite ouvert les cadeaux qui lui étaient destinés de notre part ainsi que de mes proches. Je le raccompagnai chez lui, tout content et le ventre bien rempli après ce petit avant-Noël du jour le plus sombre de l'année. Ma compagne partit pour son service de nuit.

Juste avant dix heures du soir, mon fils m'appela au sujet de paquets qu'il avait oubliés chez moi et dans lesquels se trouvaient des cadeaux pour ses camarades de classe qu'il devait voir le lendemain. Je lui dis de venir à ma rencontre, nos maisons étant proches, car j'étais occupé par les menus travaux requis par les préparatifs des fêtes. Arrivé à mi-chemin de la maison de mon ex-épouse, je passai un coup de fil au petit pour lui demander s'il s'était mis en route. Il répondit

---

* La perdrix des neiges, ou lagopède muet, est un des plats de Noël traditionnels en Islande.

alors que sa maman lui avait défendu de sortir. "OK, j'arrive", dis-je, la gorge serrée car je pressentais ce qui allait suivre. Je résolus de ne pas dire un mot de trop, de prendre les choses du bon côté, d'apporter les paquets à destination sans créer la moindre ombre au tableau d'avant Noël. Le lendemain, le petit irait avec sa mère chez ses grands-parents maternels pour y passer les fêtes.

Mon fils vint à la porte réceptionner les colis et je le serrai vite dans mes bras avant de redescendre les marches. C'est alors qu'elle fit irruption dans l'entrée, bousculant le petit pour se placer devant lui. Je ne sais combien de fois je lui ai demandé de ne pas me chercher querelle en sa présence, en précisant qu'elle pouvait me dire n'importe quoi et me traiter de tous les noms d'oiseaux, mais *pas devant lui.*

Et le grand jeu repartit de plus belle. Elle leva les bras au ciel, sans aucun rapport avec le sujet : Je devais avoir perdu la raison pour envoyer notre fils, âgé de neuf ans, tout seul dans le noir, sous une pluie battante, tard le soir, alors qu'il devait se réveiller tôt le lendemain pour aller à l'école ?! Il fallait que je me reprenne en main, car je n'avais plus les pieds sur terre, il fallait que j'apprenne à prendre les autres en considération, il nous faudrait désormais trouver un accord aux termes duquel je ne me permettrais plus jamais un tel sans-gêne, et ainsi de suite, tout cela avec le visage gelé du petit en toile de fond. Mais enfin, c'est Noël, me disais-je. Je n'entendais plus les paroles de mon ex parce que la fureur blanche avait commencé de crépiter en moi. Je marmonnai que j'avais fait tout le chemin jusqu'à la maison pour livrer les paquets comme on me l'avait demandé et qu'il n'y avait donc pas de problème. Puis je regardai mes pieds, le parapluie calé contre mon cou pendant que le flot d'accusations se déversait sur moi, pensant : en avant marche, pied droit, pied gauche, il faut que tu partes, que tu lui tournes le dos et que tu t'en ailles, le parapluie braqué contre le flot d'insultes, droite, gauche, ne pas regarder en arrière, ne pas dire un seul foutu mot.

J'ai raconté tout cela à mon ami dépressif. Il semblait me prêter l'oreille et avait relevé la tête comme un oiseau à l'écoute d'un ver dans le sol. Il enroulait les longs poils de sa barbe sur son doigt, comme de coutume lorsqu'il se concentrait.

Je poursuivis : Quand je suis sorti dans la rue, elle se tenait encore sur le seuil et s'était mise à hurler derrière moi qu'elle allait demander une révision du mode de garde du petit, ou m'en priver totalement si je ne me corrigeais pas. J'ai accusé le coup, parce qu'une dispute au sujet de la garde était déjà en cours. Peu de temps auparavant, j'avais ouvert une lettre de son avocate où il était écrit que j'étais un "père indigne". Bien que je fusse en route pour rentrer chez moi, elle avait continué de crier que je pouvais bien retourner chez ma "petite chérie", pauvre mec que j'étais. Je m'enfonçai dans le noir et la pluie avec l'envie, non pas de m'y perdre, mais de disparaître de la surface de la terre. Ça ne s'arrangerait jamais, ce serait la guerre jusqu'à… oui, jusqu'à quoi ? Un sentiment de claustrophobie s'empara de moi, je rentrai à la maison sans savoir que faire de moi-même.

C'en était fini de la paix de Noël et mon pauvre petit gars aurait cela comme viatique pendant les fêtes. Je n'avais pas envie de téléphoner à ma compagne pour lui en parler ; à vrai dire je ne voulais pas l'accabler constamment avec cette histoire – elle a d'ailleurs fait allusion à mon ex en termes de "troisième membre" de notre union. J'avais le soupçon que les sentiments qu'elle éprouvait à l'égard de mon ex-femme lui faisaient considérer cette dernière comme un orang-outan sautillant derrière un paravent de papier japonais. Je me suis mis à boire ; je buvais pour étouffer le brasier de colère blanche qui couvait en moi et je me suis endormi, puis réveillé au fracas des imprécations de mon ex-épouse, dans ma tête.

Les choses étaient comme ça, dis-je et je commençai à m'excuser d'embêter le malade avec ce genre de trivialités ; ce n'était que poussière insignifiante à côté de ce qu'il traversait. Je ne sais tout simplement pas quoi dire, confiai-je à mon ami dépressif qui, contre toute attente, s'était soulevé sur un coude et semblait avoir prêté attention à mon histoire. Il m'a regardé d'un air concentré, puis m'a demandé d'aller chercher quelques oreillers à mettre derrière son dos, avant de se redresser avec un soupir. Il regardait droit devant lui, mais c'était maintenant comme si une lueur s'était allumée dans ses yeux. Je vis qu'il réfléchissait et je redoutais qu'il me maudisse pour l'avoir tourmenté avec tout ce déferlement.

Ça résonne comme si tu avais échoué dans une crypte romaine, dit-il, ajoutant distraitement à voix basse : comme aurait dit Mallarmé.

J'ai précisé ne pas lui avoir raconté toute l'histoire, car une fois rentré le soir, mon ex commença à me téléphoner pour me rappeler, bien sûr, que j'étais le plus misérable salaud qui ait rampé à la surface de la terre. Je n'ai pas répondu, j'ai neutralisé la sonnerie du portable, j'ai bu comme je l'ai dit, pour essayer de m'endormir, mais sans parvenir à éteindre plus que la sonnerie du téléphone (on attend toujours que quelqu'un vous appelle pour vous dire qu'on vous aime), et c'est ainsi que toute la pièce s'illuminait à la lueur de la méchanceté de chacun de ses appels, jusqu'à plus de deux heures du matin. À deux heures et demie, on frappe à la porte de l'appartement. Elle avait réussi à pénétrer dans la cage d'escalier. J'ouvre comme un imbécile, et mon ex-femme se tient sur le palier. Je menace d'appeler la police. Elle élève alors la voix et exige que je la laisse entrer et lui fasse des excuses. Je crains que les voisins ne se réveillent ; elle est là, devant la porte à hurler des injures au milieu de la nuit, et ça va être Noël, je veux dire : il n'y a que l'obscurité autour de nous et les gens devraient seulement se dire quelque chose de beau les uns aux autres, et…

Tu n'as pas besoin d'en dire plus, lance mon ami dépressif. Je peux imaginer la suite. Tu te rends. Tu commences à compatir, bien qu'il y ait une grosse déchirure dans cette empathie car tu es en colère contre elle, parce que tu sais que, le lendemain, il faudra qu'elle soit capable de fonctionner en tant que mère de votre enfant, et que si tu ne te rends pas maintenant – comme tu l'as manifestement toujours fait dans votre union pour protéger le petit –, et pour qu'elle ne s'adonne pas à un comportement maniaque aboutissant à l'enfer absolu, les conséquences te seraient imputables et c'est le petit qui en souffrirait. Tu choisis d'assumer la responsabilité de la santé mentale de ton ex et elle semble être sûre que tu capituleras à la fin, car même si tu as rallongé la phase de réaction du processus, en répondant du tac au tac au départ, elle sait bien que tu finiras par capituler, sinon elle ne serait pas venue te trouver au milieu de la nuit ; elle sait que tu es une personne douée d'empathie, du moins pour votre fils, même si elle voudrait pouvoir en profiter aussi. Elle semble chercher confirmation de cela et n'épargnera rien avant ta reddition. Sa menace sous-entendue pourrait s'énoncer : Ou alors tu veux me rendre folle ?

Il s'agit ici du tyran hypersensible. On dirait qu'elle se nourrit de ta mauvaise conscience et l'attise constamment pour exercer un contrôle sur toi ; elle cite ce que tu as dit ou fait, à tort selon elle, que ce soit récemment ou il y a longtemps ; elle trouvera toujours quelque chose, une phrase prononcée au cours d'une dispute il y a plusieurs années, ce culot que tu as eu de demander à ton fils de sortir dans la rue le soir. Elle t'aura…

Je ne suis pas sûr que ce soit tout à fait comme ça, bredouillai-je, au moment où mon ami dépressif me parut tout ragaillardi d'analyser mes relations avec mon ex-épouse. Il était insistant, mais je savais qu'il y avait du fondement à ses assertions. Il poursuivit délibérément et il avait l'air d'être enfin revenu à la vie.

Ce qui est grave dans tout ça, c'est la façon dont elle te rend insolite aux yeux de ton petit garçon, par exemple quand elle t'engueule devant lui. C'est comme si elle voulait te voir pâlir et balbutier, sachant bien que tu ne riposteras pas dans ces circonstances parce que si tu le faisais, elle pourrait dire : tu es mauvais ; te quereller devant notre enfant ! Il est impossible à ton ex de discerner ce qu'il y a à redire à sa propre conduite. Elle est bloquée sur le plan affectif, elle ne voit plus clairement les choses. Il semble qu'il y ait à cela une dimension existentielle, comme si elle se sentait, comme si elle *était* quelqu'un lorsqu'elle parvient à déverser sur toi ses imprécations et à te vaincre, obtenant confirmation de son moi envers et contre toi. Vous avez manifestement été très proches auparavant, ce qui a fortifié la conscience de soi en chacun de vous ; elle ne veut pas te lâcher – que sais-je –, j'essaie de comprendre le schéma destructeur qui s'est établi entre vous, dit mon ami dépressif. Il semble qu'elle vise aussi tes points les plus faibles – c'est courant, elle sait que tu ne supportes pas d'être critiqué ni traité de nullité, personne n'aime ça bien entendu, mais ça touche à quelque chose qui n'a pas été dédouané et suscite en toi la colère car tu te sens menacé, tu donnes foi à ses paroles et c'est cela qui est morbide ; elle veut te mettre en colère exactement comme elle, car elle sait que tu ne montres pas ta rage mais que tu l'étouffes en toi, engendrant souffrance et dépression. Chouette, chouette, se dit-elle, mais toi, tu as du mal à accepter que l'on puisse se comporter ainsi, peut-être parce que tu crois que cela va te dépouiller de ta foi en l'être humain et que tu le redoutes. Ce qui est faux. Elle et toi, tous les deux, vous avez besoin d'aide.

C'est pour cela que tu dois avoir l'impression d'être enfermé dans une crypte romaine. Elles sont de forme conique à leur extrémité, là où tu sens ton âme et ton être comprimés dans un espace de plus en plus restreint, c'est pourquoi Mallarmé a eu recours à cette image, mais c'est une autre histoire. Je suis enclin à croire que ton ex aimerait voir ton dos mis à nu – pardonne-moi d'utiliser des images aussi crues, mais c'est comme ça que je me représente les choses. C'est ainsi que tu t'es trouvé à la fin, quand tu t'es excusé, en pleine nuit, dans ton propre foyer où elle avait fait irruption. Elle adore entendre le claquement de son fouet sur ta peau ; la jouissance lui dit qu'elle *existe vraiment* pendant qu'elle t'engueule et menace de t'enlever le droit de garde. Elle veut voir ton dos rougir sous les coups de lanière, surtout quand les balafres infligées commencent à saigner – excuse l'image –, je veux dire que c'est une sorte de relation sadomasochiste qui s'est développée entre vous. Il se peut que tu éprouves aussi une certaine fierté, toi le battu, une sorte de jouissance douce-amère de martyr, bien enfouie sous la colère, dans laquelle tu te réfugies comme étant le dernier recours pour échapper à tout cela, avec un semblant de signification. Il se peut que tu sois toi-même prisonnier de ton rôle de victime, qui t'enrage pourtant quand tu y es poussé au départ, poursuivit mon ami dépressif. Ce doit être ce à quoi tu faisais référence quand tu parlais de colère blanche, mais tu y vas quand même malgré tout, "le chien lèche la main qui l'a battu", comme dit le proverbe. C'est compliqué, du fait qu'elle se considère manifestement comme ta victime ; elle est bloquée dans ce rôle et cela semble lui apporter du soulagement de te voir vaincu, ce qui est – excuse-moi de le dire tout net – absolument morbide de sa part. Te considérer comme *sa* victime neutralise son propre sentiment de l'être et redresse ce qu'elle ressent comme un déséquilibre ; tant qu'elle restera coincée dans ce rôle de victime – à savoir, que tu l'aurais abandonnée et aurais ruiné sa vie et ses rêves –, elle cherchera à…

Sur ce, la porte de la chambre s'est ouverte en grand et la stricte infirmière se tenait sur le seuil. Je ne l'avais vue nulle part à mon arrivée dans le service et j'étais sûr qu'elle n'était pas de garde à ce moment-là. Elle avait l'air encore plus sévère cette fois-ci, et c'est alors que je me suis rendu compte qu'elle me rappelait fort désagréablement la femme de mon rêve des danseurs, celle qui refermait le rideau. Je considérai son visage, il avait quelque chose d'inhumain – l'expression qui s'en dégageait était impassible et mécanique ; je sentis que c'était justement cela qui me faisait peur. Un courant froid émanait d'elle lorsqu'elle fit irruption, la tête haute et l'air décidé.

Qu'est-ce que vous croyez être en train de faire ? dit-elle d'un ton autoritaire. Vous entrez ici comme dans un moulin, pour le rendre encore plus malade avec vos petits problèmes conjugaux merdiques ! Je me suis rendu compte, après coup, que les mots problèmes conjugaux sont innocents en soi, mais quand elle les a prononcés, c'était comme si j'étais porteur d'un virus redoutable et incurable, et que je le transmettais à mon ami. J'ai dû feuilleter le dictionnaire pour le mot merdique qui signifie nul et minable, mais qui exprimait bien plus de mépris lorsqu'*elle l'avait prononcé*. Le pire de tout a pourtant été l'appréhension qui m'a envahi en y repensant par la suite : Avait-elle écouté tout ce temps notre conversation ? J'avais le sentiment d'être sale, moi qui voulais simplement amorcer un rapprochement avec mon ami.

Elle a coupé la parole à mon ami dépressif qui tentait de me venir en aide. J'avais commencé à éprouver une sensation étrange, c'était comme si quelqu'un avait planté un poinçon jusqu'à la garde dans ma poitrine et le remuait. Pour quelle raison ne pouvions-nous parler ensemble ? Elle continuait de vitupérer tout en secouant la couette qui recouvrait mon ami ; ses gestes avaient un côté "bonne ménagère" qui prévenait toute critique, comme si son comportement affichait : Je m'efforce de veiller sur lui et de faire en sorte qu'il se sente bien et, vous, vous arrivez et dévastez tout. Mon ami protesta et se mit à l'engueuler, mais elle lui répondit aussi sec, saisissant une seringue pour lui en planter l'aiguille dans l'épaule. Les yeux du malade se révulsèrent, puis il fut agité de secousses dans son lit. Je me dis qu'il avait reçu une dose bien trop forte et que c'était la réaction du corps au poison. Elle s'allongea sur lui pour le maintenir en place pendant les plus gros spasmes.

Elle me regarda. Ses yeux noirs étaient fixes comme ceux d'un faucon ou d'un aigle. Tandis que les soubresauts de mon ami s'espaçaient, elle me dit : Voyez ce que vous avez fait !

Vous ne pouvez pas venir ici le tourmenter comme ça, en exigeant de lui qu'il analyse vos relations avec votre ex-femme. Puis elle s'est radoucie et a prétendu être inquiète quant au rétablissement de mon ami, si je restais aussi envahissant. Cela risquait d'avoir un mauvais effet. Elle se souciait avant tout de son bien – c'était *son* protégé, après tout.

J'ai commencé à m'excuser, prétendant ignorer pourquoi j'avais commencé à lui raconter tout ça – rien que pour dire quelque chose, pensais-je, rien que pour l'inciter à parler, que sais-je ? Je m'efforçai de parler amicalement à l'infirmière, j'essayai de lui dire que je n'étais pas un ennemi, que je voulais du bien à tout le monde et que j'avais envie d'établir un lien avec mon ami dans ses épreuves.

Mais il semblait que les choses se passaient de telle sorte avec elle que, dès que l'on faisait preuve de soumission, sa colère augmentait dans la même proportion. Elle me singea d'une voix ridiculement mièvre, comme font les enfants, "je veux du bien à tout le monde", et puis vint le réquisitoire aux termes duquel il fallait que je sorte, j'avais suffisamment fatigué mon ami ce jour-là. Il fallait que je cherche quelqu'un d'autre à qui confier mes problèmes, qui étaient manifestement à mettre à mon compte plutôt que sur le dos des autres. Elle fulminait ses griefs : Venir ici le tourmenter avec des plaintes et des jérémiades futiles ! Je reculai sous l'avalanche.

Que voulait-elle dire en affirmant que les problèmes étaient "à mettre à mon compte" ? Elle était indéchiffrable et l'entretien en était arrivé au point où tout ce qui serait dit désormais serait hors contexte et détourné en malentendu. Je saisis mon portable à tâtons sur la table, au son crescendo de la voix de la femme, et agrippai d'une main ma veste tandis qu'elle me lançait diverses injures que je ne répéterai pas ici. Je regardai mes pieds, me tournai vers la porte et repris la mise en marche bien connue, droite, gauche, pas à pas bien serrés et réguliers ; il s'agissait maintenant de s'éloigner sans dire un seul mot. Alors que je partais, mon ami dépressif prononça d'une voix basse et pourtant stridente quelque chose qui s'est gravé dans mon âme, bien que je ne fusse pas en état de recevoir le message sur le moment. Mais quand je suis parvenu à l'air libre et que j'y ai repensé, j'ai eu des sueurs froides, car il avait dit :

Mon pauvre type, c'est toi qui es malade, pas moi.

•••

C'est à ce moment précis que je me suis trouvé au pied du mur vis-à-vis de mon ami dépressif. Il serait difficile d'établir un contact avec lui après ma dernière visite au service psychiatrique. L'infirmière pourrait lancer sur moi d'autres employés, Dieu sait ce qui pourrait lui venir à l'idée. Elle était si rigoureuse que rien ne pouvait vivre en paix dans son voisinage ! Je me représentais des scènes où j'étais dépouillé de mon autonomie et interné de force moi aussi. Je sentis que j'avais peur d'elle ; c'était curieux de redouter un membre du personnel de santé dont le travail consistait à prodiguer des soins à des malades mentaux. Elle avait une manière si particulière de vous fixer, comme si vous étiez coupable.

Il fallait que j'évalue si j'avais les nerfs assez solides pour continuer le combat, ou si j'abandonnais mon ami. À d'autres moments, je me souvenais des quatre cents coups que nous avions commis, mon ami dépressif et moi, quand nous étions plus jeunes. Quand nous avions fabriqué un deltaplane, une caisse à roulettes avec moteur, quand nous étions partis à la godille sur un radeau qui nous avait portés au large…

Je ne voulais pas qu'il dépérisse entre les bras de cette femme. Je suis opposé à ce que tout être s'étiole et disparaisse ; j'ai senti que j'étais du côté de la vie, et on peut dire que c'est un bon début. Je savais que je pouvais rester comme surgelé longtemps avant que les larmes ne se fraient un passage. Mais je voulais les pleurs et le lien avec mes sentiments, je voulais en éprouver de bons et de riches en couleurs comme mon ami avant qu'il ne tombe malade. Je ne voulais pas perdre la partie face à une infirmière glaçante, nom d'un chien ! Qui était-elle ? Pour qui est-ce qu'elle se prenait ?! Je pourrais toujours parler au médecin-chef du service, ou m'adresser à la direction de l'hôpital à propos de cette affaire et essayer de garantir qu'elle n'interfère plus entre nous. Je dirais que j'étais totalement en désaccord avec l'idée que j'exerçais une mauvaise influence sur mon ami. Il faudrait que je trouve à quels moments elle n'était pas de garde. Il ne fallait absolument pas lui témoigner de soumission, même si c'était la norme vis-à-vis du personnel hospitalier. Il était faux de prétendre que si je faisais ami-ami avec l'infirmière en obéissant à ses ordres, tout irait bien et il n'y aurait pas d'accrochages. Mon œil ! Tout serait comme avant, il ne pourrait pas y avoir de changement. Ce qu'elle voulait, c'était voir dépérir mon ami dépressif.

•••

Et un matin, je réussis à mobiliser un peu de force colérique pour écrire à la direction de l'hôpital une longue lettre où je décrivais l'infirmière aussi bien que possible, ne sachant d'ailleurs pas son nom en dehors du fait que son badge portait les initiales M. H. J'exigeais de pouvoir rencontrer mon ami hors de sa présence. Je comprenais qu'elle croyait faire ce qu'il y avait de mieux pour lui, mais j'avais une autre vision des choses et, en qualité d'ami intime, j'avais mon mot à dire. On ne pouvait dépouiller les gens de leurs droits humains même s'ils étaient malades. Pour finir, je demandais l'autorisation de le faire sortir du service, par exemple en l'invitant à faire un tour en voiture, ou à déjeuner chez moi. Cela ne pourrait que lui faire du bien, c'était justement maintenant qu'il avait besoin de ses amis.

Les jours passèrent dans cette froide incertitude qui épuise le plus les réserves de l'âme. Enfin me parvint la réponse du médecin-chef. Je pouvais rencontrer mon ami au sein du service quand l'infirmière ne serait pas de garde, mais comme il était avant tout son protégé, je devrais en tenir compte. Si mon ami devait sortir du service avec moi, il faudrait qu'il soit accompagné, c'était une garantie de son bien-être qui relevait de la responsabilité de l'hôpital. Il était apparu dans les rapports de l'infirmière que j'étais susceptible d'exercer sur le malade une "mauvaise influence" qui empêcherait sa guérison. Ma conduite présentait des "risques certains". Il m'incombait de respecter cette décision, faute de quoi il ne serait pas possible d'accorder à mon ami une permission de sortie.

Bien que ma compagne et moi ayons trouvé cette clause de l'accompagnement plus que bizarre, je m'efforçai de voir ce qu'il y avait tout de même de positif dans la lettre. Dès le lendemain je me mis en route pour le service psychiatrique. Il fallait croire que mon ami avait meilleure mine que la dernière fois et il y avait même une petite lueur dans ses yeux lorsqu'il s'adressa à moi.

Il me dit que j'avais fait preuve d'amitié véritable à son égard et manifesté de la grandeur d'âme.

Je lui répondis que c'était un honneur pour moi, car j'en étais arrivé en réalité à toucher au fond de l'existence humaine. Cela me faisait du bien aussi de lui parler.

Je lui confiai que j'étais prisonnier de vieux sentiments, de mauvais sentiments, de sentiments dont j'avais honte et auxquels j'essayais d'échapper. On traîne avec soi ces sentiments primitifs comme une poupée gonflable, toute poisseuse, qui vous serait collée au dos par des ventouses. Comme si ça ne suffisait pas d'être dans la merde, on en a honte en plus.

Et ma déception en me rendant compte que, malgré tous mes efforts pour les écarter, les analyser, en parler et les coucher par écrit, je n'avais pas arrangé les choses ! Les sentiments reviennent toujours, envahissant tout lentement mais sûrement, tel un accablement informe et indéchiffrable.

C'est un sentiment connu, dit mon ami dépressif, "nul ne sait où gisent ses racines", disaient les Anciens de l'arbre mystérieux auquel nous sommes comme suspendus. Il essayait de me réconforter comme toujours, aspirant à faire don de soi – ce qui fait sa grandeur. Il cita la phrase de Tchekhov selon laquelle si l'on ne devait écrire qu'un seul livre, il fallait raconter l'histoire d'un homme emprisonné qui se libérerait. Est-ce que ce ne serait pas valable pour moi aussi, de m'épancher sincèrement et de trouver peut-être une fente ou une issue jusqu'alors inconnue ?

Cela fit céder le barrage en moi ; ce fut le ton de sa voix, qui semblait souhaiter me voir vivre dans la lumière et les couleurs, qui me fit craquer et je me mis à parler. Les mots jaillirent et mon ami dépressif prit le relais, analysant chaque sentiment et la crainte que j'en avais, faute de comprendre ses racines. Peut-être redoutais-je autre chose, de plus profond ? Je trouvai que tout ce qu'il disait était vrai : à quel point je laissais l'appréhension gouverner mon esprit, et comment je pourrais m'exercer à penser autrement ceci ou cela, ou cesser d'y penser. J'appréciai la façon qu'il avait d'alléger son propos quand mon fardeau semblait devenir trop accablant. Il cita des auteurs qui avaient formulé avec génie ce que je m'escrimais à dire. Il était comme une encyclopédie de la souffrance humaine, et sacrément perspicace avec ça ; il venait à ma rencontre avec chaleur et humour, une chaleur éclairée, et je sentais des portes s'ouvrir çà et là, offrant des voies de sortie de ma crypte romaine. Il y avait une issue, il y en a toujours une…

Mais au beau milieu de cette conversation salutaire, la voix de mon ami s'interrompit car la porte de la chambre venait de s'ouvrir en grand et dans l'embrasure apparut un visage bien connu annonçant froidement que l'heure des visites était depuis longtemps passée. J'étais prié de déguerpir. Qu'est-ce que je foutais là sans masque, à importuner le malade, en pleine épidémie de grippe ! Elle allait appeler du personnel en renfort si je n'obtempérais pas. J'ai sorti la lettre du médecin-chef et rouspété, précisant qu'il n'avait rien dit au sujet du port du masque et que c'était tout à fait innocent de ma part, on ne m'en avait tout simplement pas informé. Ayant lu la lettre, elle me la rendit en signalant, à ma consternation, qu'il n'était dit nulle part que je puisse être seul avec le malade. Il y avait en outre une règle de distanciation instaurant qu'il devait être toujours accompagné lorsque je serais près de lui.

C'était son interprétation à elle, fausse, car cela ne valait que s'il sortait du service, prétendis-je. Et puis pourquoi ne portait-elle pas de masque, elle non plus ? À mon exigence de parler immédiatement au médecin-chef, elle répondit qu'il était parti depuis longtemps, que je pouvais lui téléphoner et me lamenter après le week-end.

C'était de la traîtrise. Je sentis la colère commencer à rougeoyer en moi. Il fallait qu'elle finisse toujours par s'interposer entre nous au moment où nous commencions à nous rejoindre. Je me suis levé, ai empoigné ma veste d'une main et le portable de l'autre et, après avoir dit au revoir à mon ami, me suis dirigé vers la porte. La voix acrimonieuse de l'infirmière se fit alors entendre derrière moi, demandant si je n'allais pas éteindre la bougie avant de partir ou si j'avais peut-être l'intention d'incendier tout l'hôpital ! J'ai ouvert la porte en lui disant que je me plaindrais auprès du médecin-chef dès le lendemain. "Je vais me plaindre demain", singea-t-elle après moi d'une voix nasillarde comme une sale gosse, ajoutant qu'elle m'avait déjà dit qu'il n'y aurait pas de médecin-chef de garde le lendemain matin. Puis elle me hurla de foutre le camp. La seule chose que je pus faire fut de lui céder le terrain.

•••

Je me souviens que la première chose qu'il ait dite quand j'ai lancé l'idée de l'inviter à déjeuner a été qu'il n'avait pas de belle chemise, bougonnant en outre qu'il n'était pas sortable. Au lieu de répliquer qu'il n'avait pas besoin d'être chic, je n'ai pas insisté mais lui ai apporté une chemise blanche toute neuve en cadeau, lors de ma visite suivante. Il avait bien meilleure mine. J'ai allumé l'une des quatre bougies de la couronne de l'Avent, bien qu'on fût en février. Les membres du personnel firent état de grands progrès ; il avait commencé à se lever et avait participé récemment à la gymnastique et à des réunions dans le service.

Je posai le portable sur la table et m'installai dans l'inconfortable fauteuil Ikea. Il s'assit sur le lit, tout habillé, et arrangea les oreillers derrière lui. Il n'était pas bavard ce soir-là. Je commençai par l'interroger sur ses années de jeunesse, sur ses souvenirs de l'époque où nous fabriquions des grenades et mettions le feu au jet d'échappement de boîtes à air comprimé. Quand nous volions du bois de charpente pour construire une cabane, quand nous montions à cheval en cachette, traversions la baie de Nauthólsvík à la rame en pleine tempête ? Oui, ça lui revenait, dit-il, mais ce n'était pas forcément là que résidaient les sentiments les plus profonds, et cela, je le savais aussi.

Comme il ne voulait pas prendre la parole, je cherchai à poser le doigt sur le pouls des années d'adolescence. Qu'est-ce qui nous reste, tout bien considéré ? Je lui dis que les sentiments faisaient parfois penser aux vers de terre qu'on attrapait, enfants, mais qui se scindaient en deux quand on en avait tiré la moitié hors du sol ; on n'arrive pas à les sortir en entier. Mon ami répliqua que les sentiments étaient toujours entiers. On ne creusait sans doute pas assez autour du ver. Je pensai à la chance que j'avais d'avoir un tel ami, qui vous veut constamment du bien, qui vous accueille en bloc, quelles que soient vos déficiences. Je ne peux rien imaginer de plus précieux. *Qualité de vie.*

Je passai au harcèlement de mes années d'adolescence et au sentiment de solitude qui s'ensuivit. Je dis à mon ami à quel point j'étais surpris de la rigueur de ma réaction, comment je m'étais replié dans ma coquille, coupant les ponts avec tous les autres ; d'où venait cette réaction et comment avait-elle pris si facilement possession de moi ? Était-ce un moyen ancestral de survie ? L'endurcissement qui ne laisse pas une main te toucher, ni tes propres larmes couler. Est-ce ainsi que mes ancêtres réagissaient ?

Ça m'a l'air d'avoir été une scolarité plutôt réfrigérante, a dit mon ami dépressif lorsque je me suis tu au milieu de mon histoire. Je sentais le coin de mes yeux enfler sous les larmes, qui pouvaient jaillir et couler à tout moment. Il dit que rien ne pressait, que nous avions tout le temps. Je le remerciai, ajoutant que ce n'était pas chic de ma part de blablater sans fin, il était bien plus souffrant que moi.

Selon lui cette expérience vécue était la meilleure forme d'éducation. Le sentiment d'inculture, d'absence totale de camaraderie et d'affection, de pensée et de noblesse, dans une petite école aux confins d'une ville-dortoir minable, dans un pays primitif. L'expérience d'avoir été une bête aux abois, qui ne voit aucune issue et ne pense à rien d'autre qu'à survivre, cela pourrait être ce que j'en tirerais de plus précieux, grâce à la compréhension intime de l'être humain que j'y aurais gagnée. Et du fait que je savais ne pas vouloir vivre avec de tels sentiments.

Qu'est-ce que la personne humaine redoutait au juste dans de telles circonstances ? Était-ce peut-être l'homme des cavernes en nous qui envoyait des messages de crainte, épurés par des millions d'années, depuis le temps où être exclu du groupe équivalait à la mort ? La lutte pour en faire partie excluait en fait du groupe. Mon ami analysa pour finir comment cette expérience semblait s'être réveillée en moi avec le divorce. Mais au beau milieu de son analyse, je cessai de l'entendre car le système d'alerte anti-incendie s'était déclenché et tout le monde fut enjoint de quitter le bâtiment. Lorsqu'on nous permit de rentrer à nouveau, on le laissa passer, tandis qu'on m'interdit l'entrée, l'heure des visites était terminée.

C'était elle, l'infirmière de choc, que je soupçonnais être derrière tout cela.

•••

J'avais obtenu du médecin-chef l'autorisation de sortir mon ami du service un après-midi et de l'inviter chez moi à dîner. Mais les autorités furent inébranlables sur l'obligation pour le malade d'être accompagné et je savais que ce serait la stricte infirmière qui jouerait le rôle de chaperon. Je réussis enfin à joindre le médecin au téléphone et tentai d'infléchir sa décision en suggérant qu'un autre membre du personnel serait plus indiqué, vu que nous nous entendions mal.

Mais c'était irrévocable. J'objectai qu'on spoliait alors mon ami de sa vie privée : comment allions-nous pouvoir agir et parler de nos émotions les plus profondes sous la surveillance d'une tierce personne ? Le médecin eut un rire que je jugeai cynique et dit que c'était tout simplement comme ça, me faisant penser à un employé de banque qui fait état du niveau désastreux de vos dettes. Il parlait comme si quelqu'un d'autre derrière son dos lui dictait ce qu'il devait dire. Je lui ai demandé s'il était le porte-parole de l'infirmière, mais il joua la surprise en demandant si j'avais perdu la tête. Il répéta que c'était comme ça, un point c'est tout.

Cela m'a rappelé la confrontation qu'on peut avoir avec ses propres travers psychiques qui consistent, par exemple, à se focaliser sur le négatif, à commencer la journée avec des pensées destructrices, ou bien à juger par le ton de la voix de quelqu'un qu'on ne vaut rien. C'était le mur infranchissable de la chose irrévocable, les coups assurés que le chien revient chercher. Au diable la foutue phrase : "C'est comme ça, un point c'est tout !" On devrait la bannir de la langue islandaise ! Rien n'est comme il est – à moins de le croire. Je sentis la force de la colère m'envahir à la suite de cette conversation. C'était bon signe.

•••

Quand je pénétrai dans le service cet après-midi-là pour chercher mon ami, l'infirmière et lui étaient occupés à se préparer pour la visite. Je trouvai agaçante la façon qu'elle avait de partager complètement sa hâte. Elle s'était mis du rouge à lèvres et un peu de poudre colorée sur ses joues figées. Il émanait d'elle une sorte de dignité affectée qui me tapait sur les nerfs, à la voir se tenir là toute droite. Elle s'était parée d'une robe noire à manches et ourlet brodés de fleurs, sous laquelle on devinait une combinaison blanche. Sur la robe, elle portait une veste jaune totalement disparate, autant que les collants d'un brun peu attirant, épais comme ceux que portent les vieilles dames pour cacher leurs varices. Elle répandait un nuage de parfum. Essayait-elle peut-être de couvrir une odeur de cadavre ? Comme si tout cela tournait autour d'elle ! Après m'avoir salué, mon ami poursuivit ses activités et me demanda, tout en se regardant dans la glace et en essayant sa nouvelle chemise :

Devrais-je peut-être me raser la barbe, par égard pour ta bien-aimée ? L'infirmière fit ouiii d'un ton faussement enjoué, ce serait une très bonne idée. Je répondis alors avec une certaine irritation que je ne parvenais pas à dissimuler qu'il n'en était pas question, que ma compagne détestait les hommes sans barbe. Tu ne dois absolument pas te raser ! ajoutai-je en regardant l'infirmière droit dans les yeux. Il me dit de me relaxer – ce n'était qu'une idée, OK ? Il était tellement sérieux et humble, mon ami dépressif, comme si c'était à un voyage autour du monde que je l'invitais. Cela m'émut qu'il prît mon attitude pour de l'irritation à son égard, ce qui n'était pas du tout le cas. Ça me faisait mal au cœur de le voir aussi dépendant de la bonne femme.

Une impatience enfantine le disputait à l'angoisse lorsque nous avons démarré. L'infirmière était assise au milieu de la banquette arrière, sûrement pour pouvoir nous surveiller tous les deux ; mon ami était devant. Il poussait sans cesse des "Ça alors !" devant les nouvelles constructions qui étaient sorties de terre depuis son dernier passage dans tel ou tel quartier. Et il fallait absolument qu'elle fasse des commentaires là-dessus, du style : on voyait bien qu'il n'avait pas suivi le cours de choses ces derniers temps ; il passait manifestement toujours par les mêmes rues et avait cessé d'aller voir ailleurs. Voilà ce que c'était que d'atteindre l'âge mûr en ayant perdu l'étonnement de l'enfance.

Ses paroles étaient empreintes de condescendance, mais le bouquet fut quand elle s'adressa à mon ami sur un ton maternel et affectueux en lui caressant l'épaule, disant qu'elle comprenait tellement bien sa crainte que ma compagne ne sache pas comment se comporter face à une personne malade comme lui, mais tout irait bien… et autres foutaises du même genre. Dans un accès de colère je lui demandai s'il était possible d'échanger quelques mots avec mon ami sans qu'elle s'en mêlât !

•••

Ma compagne était sortie faire des courses au moment de notre arrivée. Elle avait préparé des moules-frites. Un SMS me parvint disant qu'elle avait fait un saut au magasin de spiritueux pour acheter du vin blanc.

L'infirmière fit comme si elle était chez elle et s'affala sur le canapé. Ça me dégoûtait de la regarder. De distinguer les capillaires bleus, visibles autour de son nez pointu que la poudre n'avait pas réussi à dissimuler, nez qui semblait n'être qu'un os, les yeux sombres et fixes comme ceux d'un oiseau de proie, jouant toujours l'étonnement alors qu'il était pertinent que rien ne pouvait les étonner. Et puis il y avait cette grosse pomme d'Adam, comme chez un homme, que je trouvais particulièrement repoussante. Il émanait plus de douceur féminine d'une machine à laver en panne que de cette personne. Elle ne pouvait ressentir d'affinité pour quoi que ce fût bien qu'elle prétendît aider les autres, elle n'accordait à personne l'accès à son cœur, elle haïssait la faiblesse, elle haïssait les sentiments ! C'est ainsi que je percevais cette créature, là, sur le canapé. C'était en réalité ce qui me remplissait d'une peur indéfinissable, car même la crainte qu'elle m'inspirait n'était pas claire. Il n'y avait rien de clair et net en cette femme, toute perception qu'on avait d'elle était comme souillée et entortillée de laine nauséabonde quand on l'abordait. Quand on essayait de l'approcher pour lui parler comme à une personne, elle se dérobait, et quand on cherchait à l'éloigner, elle s'incrustait.

J'étais à peu près sûr qu'elle n'avait pas de famille, qu'elle avait toujours été seule et que son travail était l'unique élément susceptible de donner un sens à sa vie, c'est pourquoi elle le prenait tant au sérieux, solennellement – serais-je tenté de dire. Je l'imaginais chez elle, assise près du sapin de Noël, en train de s'offrir à elle-même un paquet, et j'en éprouvai l'espace d'un instant de la compassion, que j'évacuai aussitôt, sachant que toute tentative de l'humaniser évoluerait en soumission dont elle tirerait profit à mes dépens.

Je me dis avec effroi que mon ami n'était sûrement pas la première victime qu'elle cherchait à disloquer. Elle pouvait faire tout ce qu'elle voulait et ce, au sein même du système de santé, parmi les plus vulnérables. Les gens étaient-ils vraiment si débiles sur le plan affectif qu'ils ne voyaient pas la destruction engendrée par cette femme ? C'était à se demander si, après la fermeture de la plupart des foyers pour adolescents à problèmes, les sadiques ne s'étaient pas tournés vers les hôpitaux psychiatriques ?

Ma compagne revint avec un carton de petit chablis et remplit les verres avec prévenance. Tandis qu'elle allumait les bougies, je vis à quel point mon ami était timide et embarrassé, comme s'il ne connaissait pas les bonnes manières ou comme s'il avait l'impression de pénétrer chez des inconnus.

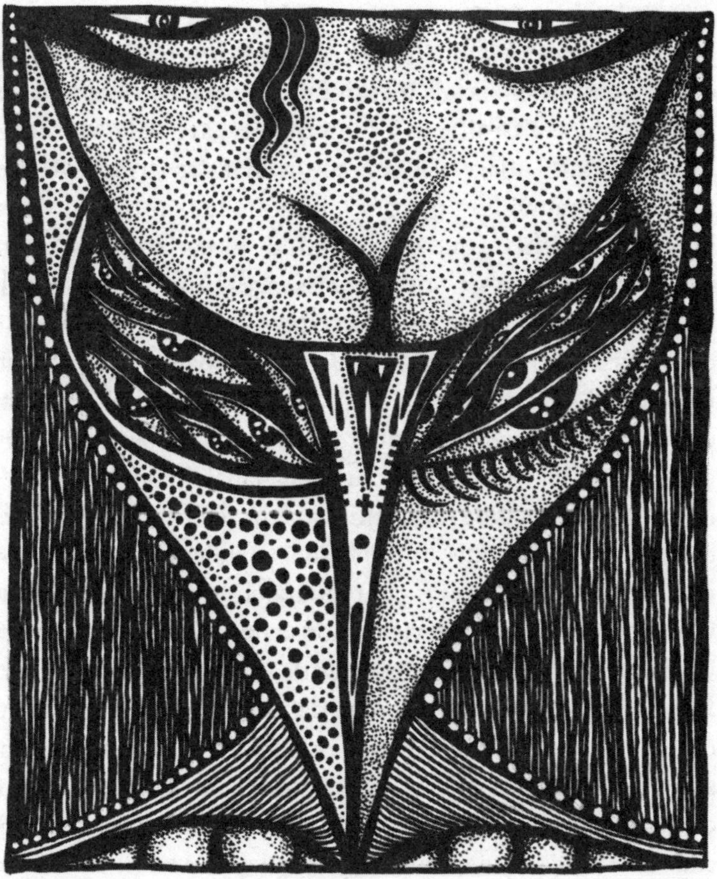

Je le priai de faire comme chez lui, il fallait qu'il se fasse une place dans ce monde, il avait ici un refuge. Un vrai.

*Mehr Lebensraum**, plus d'espace vital, vous m'entendez ! s'exclama l'infirmière de son canapé à l'intention de mon ami. Il fallait qu'elle se mêle de tout avec son cynisme empoisonné. Elle ne fit rire personne.

Le vin blanc ayant eu raison de sa timidité, mon ami ne tarda pas à causer avec ma compagne, s'appliquant à l'écouter

---

* Opération *Lebensraum*, slogan utilisé par les nazis pour justifier leur appropriation de territoires en Tchécoslovaquie au début de la Seconde Guerre mondiale.

– seuls les gens brisés écoutent vraiment –, pensai-je alors, à ce qu'il me souvient. Il lui demanda des précisions sur tel ou tel point qu'elle avait mentionné à propos de son lieu de travail ou de sa famille et il l'interrogeait avec une sincérité que je n'aurais jamais eu le courage de manifester moi-même.

Ma compagne lui posa des questions sur son séjour dans le service psychiatrique et il se mit à lui parler de malades internés dont il avait fait connaissance. L'un d'eux essayait toujours de s'évader et on le rattrapait ici ou là, la moitié du corps passé par une fenêtre. "Un pauvre paumé qui se fuit lui-même" s'échappa du canapé. Un autre écrivait le nom du Christ sur des post-it qu'il collait sous les lavabos car il était sûr qu'"ils viendraient par les canalisations". Qui viendrait ? avait demandé mon ami. Ils viendraient sous forme de cafards, avait répondu l'interné, mais c'étaient en réalité des Martiens et des vampires qui redoutaient malgré tout le mot Christ. Le troisième, un vieux monsieur bien habillé, allait et venait dans l'attente de membres de la Société des sciences. Il croyait être en train d'attendre dans les couloirs le moment de tenir sa conférence. Le plus drôle était que lorsque mon ami lui demanda le sujet de sa conférence, il y avait beaucoup d'excellent raisonnement dans la théorie quantique qu'il lui exposa. Et puis il y en avait un qui piquait des crises de temps à autre, prétendant qu'on lui avait volé ses vêtements. Mais quand on lui demandait de les décrire, c'étaient toujours ceux qu'il portait à ce moment-là.

Les descriptions de mon ami dépressif étaient teintées d'une pointe d'humour et je n'avais pas souvenir d'avoir moi-même fait rire ma compagne d'aussi bon cœur. Il apparut – ce que j'avais d'ailleurs toujours su – que lorsque nous allions ensemble à des réunions, c'était lui qui rayonnait, qui savait écouter ; c'était lui le conteur d'histoires et le boute-en-train. Il avait le charme et la sincérité d'un enfant. Il aperçut la guitare, dit que cela faisait des lustres qu'il n'en avait plus joué ; il gratta quelques mesures avant d'accorder l'instrument.

“Est-ce qu’on va pincer de la guitare maintenant ?” lança le chaperon.

Puis il se mit à jouer. C’était une chanson belle et prenante, non dépourvue d’humour, dont il avait manifestement composé les couplets ; quant à la mélodie, je ne l’avais jamais entendue auparavant. Il y était question d’un homme qui avait décidé de se supprimer, mais souhaitait effectuer un certain nombre de choses avant de passer à l’acte. L’une d’elles consistait à faire semblant d’être un simple d’esprit en fauteuil roulant et de dévaliser une banque, de s’acheter une voiture de sport hors de prix, d’aller à Paris où il achèterait le vin le plus cher du monde et boufferait du confit de canard, de s’inscrire sur le site de rencontres Tinder pour avoir rendez-vous avec la plus belle des nanas, de faire une randonnée sur la côte de Hornstrandir pour faire caca du haut de la falaise de Hornbjarg et ainsi de suite. Mais une fois tout cela réalisé, le héros avait repris goût à la vie sur terre et décidé de “persévérer un moment et de profiter des plaisirs de la vie”. Je lisais le ravissement dans les yeux de ma compagne. La chanson finie, elle s’est levée pour l’applaudir et lui dire qu’il devrait pouvoir vivre de sa musique, c’était absolument sensationnel. Il pourrait faire un disque !

L’infirmière a marmonné qu’on pouvait s’habituer à ce qui est mauvais jusqu’à le trouver bon, avant de poser un regard lointain sur son portable. J’ai dit qu’il avait un ton très personnel. Ce qui m’a touché en profondeur c’était le fait que c’était lui, le pauvre démuni que j’avais tiré d’une institution pour cinglés pour l’inviter chez moi, qui avait allumé dans le cœur de ma compagne une affectivité plus riche en couleurs que ce dont j’avais été capable. Elle lui demanda aussitôt de jouer un autre air, mais il fallut alors que l’infirmière s’en mêle, s’éclaircissant la voix pour annoncer qu’ils ne pourraient guère rester plus longtemps loin du service psychiatrique et que si nous avions l’intention de dîner, il fallait que cela se fasse au plus tôt. Ma compagne a protesté mais la matrone a déclaré d'un ton décidé et sans réplique que des frites froides seraient immangeables – il est vrai qu'elles étaient déjà servies sur la table. Je sentais l'irritation s'amplifier en moi de plus en plus.

Une fois assis à la table de la salle à manger et les moules entamées, je demandai à mon ami ce qu'il en était de l'écriture. Écrivait-il quelque chose de nouveau ? Ça va comme ci comme ça, dit-il modestement, ça avance plutôt lentement… Ma compagne prit la parole au bond et rappela tous les prix et bonnes critiques qu'il avait obtenus, ce à quoi il marmonna : Eh ben, je ne sais pas trop.

L'infirmière ne put se retenir, tandis qu'elle aspirait et suçait voluptueusement les entrailles des coquillages, faisant monter et descendre sa grosse pomme d'Adam. Elle s'essuya la bouche, poussa son verre pour m'intimer de le remplir, avant de signaler qu'il n'avait en fait jamais reçu de prix. Il n'avait été que nominé pour des prix, sans en recevoir aucun. Il répliqua, en riant avec bonhomie, qu'il n'écrivait pas uniquement pour obtenir des prix. Mais elle enchaîna, faisant remarquer que toutes sortes de textes merdiques étaient portés aux nues de nos jours par la critique des journaux et que cela ne voulait rien dire. Puis elle rappela que mon ami avait déjà quarante-cinq ans et pas d'avenir en vue. Il n'avait écrit que très peu de livres, dont une infime partie avait été traduite en d'autres langues, aucun prix ne lui avait été décerné et il n'avait jamais obtenu de bourse sérieuse d'écrivain, rien que des miettes pour quelques mois à la fois. Comment comptait-il subsister à l'avenir ? Est-ce que ça ne finissait pas par bien faire ? Et ne disait-on pas que les gens s'adonnaient à l'art dans l'espoir de vivre dans la mémoire des autres ? Elle avala un demi-verre de vin et soupira d'aise.

Elle précisa qu'elle s'était renseignée un peu là-dessus en ce qui le concernait. J'étais écœuré ; c'était comme si elle s'était préparée et que son monologue avait été fin prêt. Elle croqua une frite, l'avala avant d'énoncer : Il est clair que votre nom n'apparaît nulle part dans l'histoire littéraire de ce pays et en le googlant il ressort que quasiment personne n'a écrit sur vos livres. Impossible de trouver quoi que ce soit, si ce n'est quelque critique superficielle dans un journal. Il semblerait, en d'autres termes, qu'on n'aura pas besoin de vous oublier, le moment venu, dit l'infirmière, vous n'existez tout simplement dans aucun débat. Est-ce qu'il ne serait pas opportun de trouver un travail honnête comme tout le monde, du fait que ce produit d'écrivassier n'a rien rapporté, pas plus sur le plan spirituel que matériel, alors que les gens de votre âge ont en général acquis une maison, fondé une famille, élevé des enfants, ont de bonnes situations et ont commencé à diriger notre société. C'est ce style de m'as-tu-vu, d'écrivailleur bohème qui crée cette instabilité nuisible à tout individu. Regardons les choses en face, ajouta-t-elle : vous êtes déjà plus âgé que la plupart des ministres de ce pays, vous avez écrit quelques livres qu'on a oubliés, et vous êtes submergé de dettes. Au point où en sont vos affaires, il y a peu de chances qu'elles s'améliorent désormais…

Ma compagne poussa un cri et se leva si brusquement qu'elle renversa sa chaise. Elle avait le visage empourpré et se mit à bégayer comme cela lui arrive quand elle en a gros sur le cœur. Comment osez-vous le traiter ainsi ? Elle-même adorait ses livres. Je l'entendis demander dans un flot de paroles ce que cette femme avait, si elle était totalement dépourvue d'âme, s'il fallait croire que les seules motivations d'une personne étaient l'argent, la célébrité et le pouvoir, s'il était difficile de comprendre qu'alors aucun art, rien de beau n'aurait jamais existé, qu'est-ce qui lui prenait, à cette femme, de parler ainsi ? C'était à vous rendre malade !

Mais mon ami ne réagit pas au discours de l'infirmière avec la même passion. Il dit qu'elle n'avait pas tout à fait tort, et cela me fit mal au cœur de sentir à quel point elle l'avait sous sa coupe. Après quoi personne ne dit plus rien pendant un bon moment. Ma compagne releva sa chaise et s'assit, un peu en retrait de la table comme si elle se demandait si elle allait ou non participer plus longtemps à ce dîner.

Je lançai : Qui veut plus de vin ?

Moi, merci, dit l'infirmière en avançant son verre.

Je le remplis et elle en avala aussitôt une bonne goulée. Au bout d'un moment je lui demandai : Pouvez-vous boire pendant le travail ? Je veux dire, vous prenez votre métier tellement au sérieux et vous vous souciez tellement de l'état de cet homme. Pouvez-vous être ivre au travail ?

Qu'est-ce qui vous énerve comme ça ? demanda-t-elle avec une surprise affectée, en me fixant de ses yeux sombres d'oiseau de proie, avant d'ajouter : Est-ce le fait que vous n'arrivez plus à bander ?

Ma compagne s'étrangla.

Vous savez que l'impuissance est le signe de la colère refoulée envers votre ex-femme, poursuivit l'infirmière. Mon ami dépressif se transforma en point d'interrogation.

J'explosai. La réception se désagrégea. Je signalai que son collant marron servait sans doute à camoufler les poils de ses jambes. Personne n'avait sûrement plus envie de voir ce qu'il y avait sous ce collant – quoi qu'il pût y avoir.

Que voulez-vous dire ? La question gicla de ses lèvres.

Que sais-je, répondis-je, vous avez la pomme d'Adam d'un homme et votre voix n'est pas féminine. Il n'y a rien de féminin en vous d'une manière générale ! Et si vous êtes un homme, pourquoi tenter de le cacher en prétendant être une femme ? Vous n'êtes qu'un phénomène repoussant, un monstre !

Je compris que j'avais dépassé les limites. Il ne serait plus possible de faire machine arrière.

C'était la guerre.

Ma compagne dit qu'elle n'en pouvait plus. Elle s'était levée et faisait le tour du salon en proie à une grande agitation.

Et c'est ainsi que cette belle soirée se disloqua. L'infirmière avait réduit à néant la bonne ambiance qui avait régné dans le salon, elle était devenue de plus en plus odieuse avec la boisson.

Elle avait tué le chant. Mon ami dépressif ne parlait plus, il se considérait manifestement comme une pierre d'achoppement pour nous autres, comme s'il avait honte de cet ange gardien pour ainsi dire collé à lui.

Ma compagne l'attira de côté, lui tendit la guitare en lui demandant de bien vouloir jouer une chanson avant de repartir. Mais le courant ne passait plus. Il dit qu'il ne savait rien jouer, qu'il valait mieux épargner aux autres ces couplets à la con et il se mit à enfiler son manteau. Ça faisait mal au ventre de voir l'infirmière hocher la tête en minaudant, comme s'il avait enfin dit quelque chose de sensé. Ma compagne déclara qu'elle adorait ses livres et qu'il ne devait jamais douter du fait qu'il produisait des choses importantes et précieuses, quoi qu'on dise. Elle lui sourit avec bonté. Je vis qu'il n'en fut pas touché. Elle dit à la matrone : Et vous, vous pouvez dégager !

L'infirmière engloutit le reste de son verre de vin et poussa un soupir. Elle se leva et se tint bien droite, ne se reconnaissant aucun tort. Elle chantait victoire, je le sentais ; elle avait anéanti quelque chose de beau, de pur et d'innocent.

Je les raccompagnai en voiture à l'hôpital. Je serai obligée de consigner tout cela dans le rapport, dit-elle d'une voix pâteuse à l'arrière, et il était probable que cela – l'invitation à dîner – aboutirait à une interdiction de visite pour un temps indéterminé. Elle serra les dents, je vis dans le rétroviseur les muscles de sa mâchoire se contracter et se nouer ; c'était un signe de jouissance morbide qui se produisait souvent quand elle pensait avoir fortifié sa position.

Le vent chassait de la neige poudreuse sur la route et il en tombait pas mal lorsque nous arrivâmes au parking devant l'aile du service psychiatrique. J'ai remercié mon ami dépressif pour la soirée et sa visite. Il me dit alors : Tu es plus fort que moi et tu te débrouilles bien. Tu as un costume fait sur mesure et une cravate en soie à ramages. Moi, j'ai la barbe négligée, mon pantalon est usé. Tu as un foyer et une compagne, une belle voiture et des revenus assurés. Moi, je suis pour ainsi dire à la rue, sauf quand je reçois des miettes du fonds des écrivains, comme l'a dit la matrone. Je peux alors me louer une chambre de bonne pour un temps. Tu as une famille, moi je suis seul et en dehors de tout. Tu es comme les hommes doivent être. Moi je suis un moins que rien à la dérive, et qui gêne tout le monde.

Mais sans moi tu n'es rien.

Il est descendu de la voiture, l'infirmière se tenait droite et raide derrière lui, tout en oscillant. Ils étaient là tous les deux dans les rafales de neige et elle le pressa de fermer la portière, comme s'il ne voyait pas que la neige entrait dans la voiture ! Il l'a refermée avec soin et il est resté là debout, sur le parking, m'a fait signe de la main en souriant amicalement. C'était bouleversant. J'ai fait demi-tour et me suis éloigné lentement. J'ai vu dans le rétroviseur qu'il était toujours là, agitant la main, avec l'ombre noire derrière lui. Quand j'ai débouché sur le boulevard, j'ai encore lancé un coup d'œil dans sa direction. Il était toujours au même endroit, sous la neige qui voltigeait, dans la faible lueur du réverbère. Il me faisait encore signe de la main. C'était un appel. Il voulait échapper à celle qui fixait sa nuque. J'en eus froid dans le dos.

Alors se fit jour en moi l'idée que je ne pourrais jamais rejoindre mon ami complètement tant qu'elle se dresserait entre nous.

Ce fut l'instant où je compris qu'il fallait que je le sauve de cette femme.

2

LE GLACIER

Je reçus une lettre du médecin-chef, aux termes de laquelle mes visites à mon ami étaient suspendues pour une durée indéterminée, ou jusqu'à ce qu'il en soit décidé autrement. Il avait besoin de calme. Avec référence à une visite dans mon foyer qui "avait dégénéré et compromis le rétablissement du malade", comme il était élégamment formulé dans la missive.

Je me mis aussitôt à méditer un plan pour le sortir du service et m'enfuir avec lui. La seule alternative aurait été de se soumettre au châtiment infligé par l'infirmière jusqu'à la fin des temps. La stricte matrone. Fallait-il lui laisser le pouvoir ?

Tout cela demandait des capacités d'organisation. Il ne suffirait pas de le ramener chez lui, il nous faudrait partir directement en voyage, de préférence à l'étranger pour que le système de santé ne puisse nous rattraper. Des endroits insensés se présentaient à l'esprit, comme l'île de Sainte-Hélène où Napoléon Bonaparte mourut en exil. C'est l'une des îles les plus isolées du monde, au milieu de l'Atlantique, entre l'Afrique et l'Amérique du Sud. Il apparut que des gens y avaient fait construire pour des milliards un aéroport qui s'avéra inutilisable en raison des tornades. Le seul moyen d'y accéder était de passer par l'Afrique du Sud, d'où la traversée à bord du navire postal *Saint Helena* prenait une semaine entière. C'était une tentative fumeuse de ma part et vouée à l'échec. On peut demeurer longtemps dans cette lamentable situation tandis que la vie passe.

Les choses commencèrent à bouger quand ma compagne m'annonça qu'invitée à une "sortie dans l'inconnu" sur le glacier

Vatnajökull, organisée par son travail, elle ne pourrait y participer pour raison familiale. Elle me demanda si je ne voulais pas y aller à sa place. L'idée me parut géniale, associée à celle d'emmener mon ami dépressif avec moi. Cela lui ferait du bien de sortir dans de grands espaces glacés après avoir été enfermé si longtemps. Et nous pourrions passer là quelques jours ensemble hors d'atteinte de la matrone. Il fallait seulement que je l'exfiltre du service juste avant le départ en voiture droit vers l'est.

J'entrepris de charger ma mini-jeep bien avant que ce fût nécessaire. Cela me tranquillisait de faire quelque chose de concret, prouvant qu'il ne s'agissait pas seulement d'une idée abstraite. Je mettais tout en double, pour que mon ami ait les vêtements et autres nécessités que je lui prêtais. La fenêtre de sa chambre était au premier étage ; ce serait facile de l'atteindre avec une grande échelle de peintre. Site : vendre/ou/acheter.is. Vingt mille couronnes. Le soir précédant notre futur départ vers l'est, je couchai l'échelle le long du mur où se trouvait sa fenêtre. Tout était prêt.

Je me suis réveillé à cinq heures du matin et me suis mis en route pour chercher mon ami. L'obscurité recouvrait la ville endormie lorsque je garai la voiture dans la rue Eiríksgata. Je sentais qu'un crime mûrissait dans ma poitrine, mais c'était au nom de la justice – et un souffle frais me passa par le cœur. L'échelle convenait parfaitement ; je frappai légèrement à la vitre. Mon ami devait être éveillé car il se leva aussitôt pour ouvrir la fenêtre. Je lui fis part de mon plan, du voyage au glacier auquel je voulais qu'il participe et qui devait débuter le lendemain dans l'Est du pays. Nous devions nous y rendre en voiture le jour même. Ce serait très réjouissant et représenterait un changement absolument nécessaire pour lui.

Hésitations et tergiversations se firent jour : il avait peur. Il se foutait pas mal d'une punition pour lui-même, dit-il, mais ne serais-je pas puni moi aussi ? J'étais là, perché sur l'échelle à lui parler, haussant la voix pour lui ordonner de s'habiller et de descendre avec moi. Sinon il ne ferait que moisir, enfermé sur place. Il enfila alors son jean usé, un pull à col roulé et sa parka verte à capuche. Mais au moment où il atteignait l'appui de la fenêtre et où tout avait l'air de bien marcher, la porte de la chambre s'ouvrit. Une personne se tenait sur le seuil. Elle avait manifestement capté quelque chose grâce à ses antennes d'insecte. La matrone. Ce fut horrible d'être témoin de ce qui suivit.

Elle s'élança sur mon ami dans l'embrasure de la fenêtre, hurlant sans arrêt "Non ! Non !" et réussit à agripper ses pieds pour s'y cramponner, refusant de lâcher prise. Elle avait une sacrée force. "À l'aide !! Infirmier !! Au secours à la chambre 14 !" Il y avait une sorte de jouissance dans ses cris, elle croyait manifestement être en train de sauver le monde, de sauver mon ami de l'extermination. Elle avait pris l'ennemi la main dans le sac, tous verraient maintenant que je n'étais pas seulement un compagnon douteux, j'étais un criminel qui venait enlever les gens. Mon ami ne parvint pas à se libérer d'un coup de pied ; elle avait une force extraordinaire et réussit à le ramener sur le plancher. Il retomba de tout son long sur elle, qui continuait pourtant à le maintenir au sol jusqu'à l'arrivée d'un membre du personnel, puis d'un autre. La délectation se lisait sur son visage et c'est avec des soupirs voluptueux qu'elle écarta les infirmiers venus la secourir en leur enjoignant de penser au "malade" plutôt qu'à elle.

Sa vie avait trouvé tout son sens dans son héroïsme de martyre. C'était écœurant. Quand l'attention se porta sur moi, j'agrippai les montants de mes mains gantées de cuir et me laissai glisser jusqu'au bas de l'échelle, que j'abattis ensuite avant de foncer en voiture jusque chez moi. Désemparé, je finis par m'endormir sur le canapé du salon.

•••

Ma compagne et moi sommes allés à une grande réception. C'était une de ces fêtes qui laissent le regret de s'y être rendu mais dont on ne peut se dispenser car les autres invités prendraient cela pour une offense. Ceux-ci étaient sur leur trente et un, assis autour d'une longue table tandis que les serveurs s'affairaient à remplir les verres et apporter des amuse-gueules décorés. L'ambiance était guindée et j'éprouvais la crainte de commettre un faux pas – me servir de moutarde avec le mauvais plat, suscitant un cri d'horreur de la part de quelque dame : Il a mis de la moutarde de Dijon sur sa langoustine ! Ou bien dire quelque chose qui scandaliserait les gens au point de me faire mettre à la porte.

Ce fut donc un grand soulagement d'entendre les gens évoquer un troubadour. Il devait bientôt arriver et faire son numéro. Les bonnes femmes assises à table étaient au courant des derniers ragots à son sujet. L'une d'elles avait le visage tout gonflé de botox consécutif à la chirurgie esthétique et beaucoup de maquillage par-dessus. Elle avait entendu dire qu'il ne possédait rien du tout, ce troubadour. La guitare dont il jouait n'était même pas à lui, il n'avait pas de petite amie et aucun revenu. Une autre femme de la tablée opina en avalant ses paroles d'un air choqué et je me dis qu'on avait déjà jugé le bonhomme et que les gens étaient pour la plupart devenus des nullités, les démons ayant infiltré des valeurs de merde dans leur système nerveux. Quel accident historico-culturel avait fait en sorte qu'une personne pût en considérer une autre avec de tels yeux ?

Le troubadour entra par la petite porte de la salle des fêtes. Il portait une veste de tweed comme celle que mon grand-père revêtait quand il se rendait de la ferme à quelque réunion, avec motif à carreaux et pièces de cuir brun aux coudes. L'une d'elles était un peu effilochée là où elle plissait le plus et il y pendait un fil. C'était une vieille veste usée, même si elle conservait une certaine dignité. Le troubadour portait des lunettes de presbyte, de celles qui vous font les yeux plus grands qu'ils ne sont, et les siens étaient sans ombre. Il en émanait de la douceur et je me suis demandé depuis combien de temps je n'avais vu de tels yeux dans le monde des hommes. Il portait une chemise blanche non repassée. Je me dis qu'il avait sans doute peu de famille, que ses parents étaient morts ou éloignés de lui pour quelque raison. J'éprouvai de la sympathie pour cet artiste timide mais fidèle à lui-même, qui souriait avec bonhomie. Il me semblait voir enfin un être humain, car les autres m'angoissaient, avec l'étoffe noire et luisante de leurs smokings, les grosses perles sur le cou gras des femmes, leurs boucles d'oreilles scintillantes, la fleur à la poche des mecs, leur barbe bien soignée et l'éclat froid de leurs cravates. Les invités étaient parfaits, mais leurs yeux n'étaient que cavités laissant voir la noirceur à l'intérieur du crâne. Je remarquai le jeu de la lumière sur les muscles des mâchoires des femmes quand elles mastiquaient la viande crue servie sur les tables. Est-ce qu'on ne peut plus rien cuire à présent, me demandais-je, est-ce tellement chic que tout soit cru ?

On voit que vous n'êtes pas sorti au restaurant depuis longtemps, dit l'une des femmes attablées, qui avait entendu mes doléances. Ou bien vous n'êtes jamais allé dans un endroit sélect comme le Mirazur et le Mugaritz ou encore l'Arpège ; il vous reste beaucoup à apprendre, jeune homme.

Le troubadour parlait bas en se présentant et les gens du fond de la salle se mirent aussitôt à lui crier d'élever la voix parce qu'ils n'entendaient rien. Il n'en dit pas plus et commença à chanter. Sa voix de chanteur était forte et prenante, à la fois distincte et personnelle. Il chantait en s'accompagnant à la guitare, texte et mélodie intimement associés. Je n'avais jamais entendu cet air et il me toucha profondément. C'était comme s'il formulait les sentiments qui emplissaient mon cœur. Je me suis dit : il chante pour moi et il *est* le chant lui-même. J'applaudis avec enthousiasme quand il se tut, et ma compagne aussi ; elle était d'avis qu'il devait pouvoir vivre de son art. Les autres invités applaudirent surtout par politesse et certains marmonnèrent qu'ils n'avaient pas compris tout le texte. Lorsque le chanteur entama l'air suivant qui était tout aussi envoûtant, deux serveurs s'avancèrent vers lui et l'empoignèrent chacun sous un bras, tout en s'emparant de la guitare, avant de le mettre dehors. Il n'était manifestement censé jouer qu'une seule chanson.

Je sentis alors la colère monter en moi, je me levai et dis : Pourquoi n'attendez-vous pas qu'il ait fini de chanter ? C'est un grand artiste ! Je perçus beaucoup d'hostilité de la part des gens et ma compagne me tira par la main pour que je me rasseye. Elle était toute rouge en me soufflant que je ne pouvais pas nous couvrir de honte. Un bon moment passa et les serveurs revinrent alors, avec le troubadour. Il apparut que les gens commençaient à s'ennuyer et qu'il fallait une distraction quelconque. On avait épuisé tous les commérages, les gens n'avaient plus rien à se dire du fait qu'ils ne pensaient rien par eux-mêmes.

Ils le ramenèrent comme un inculpé sur le chemin du tribunal. Cette fois sa chemise était déchirée, la pièce cousue à son coude pendait à un fil et sa veste était toute maculée comme si on l'avait sortie du caniveau. Je me souviens à quel point ses mains, par contraste, étaient blanches sur la guitare, de sorte que le vers d'un vieux poète me revint en mémoire quand le chanteur entreprit d'accorder l'instrument : "Vois mes mains qui brillent en cherchant à tâtons."

On se rendait compte que la guitare était sa bouée de sauvetage dans l'existence. Après les notes d'introduction, il recommença à chanter et je sentis cette fois mon cœur gonfler sous l'effet du chant. J'éprouvai une profonde gratitude pour l'existence de cet homme. En regardant autour de moi, je me dis que dans quelques années tous ceux qui participaient à cette fête seraient morts et enterrés, sauf lui, et son chant, s'il parvenait seulement à le conserver et à l'empêcher de s'évanouir, contribuerait d'une façon ou d'une autre à sa célébrité !

Cette fois les serveurs le prirent par-derrière, au milieu d'une chanson, et le couchèrent par terre encore plus brutalement. C'était poignant de voir l'un d'eux soulever la guitare tandis que l'autre lui disait : Fais gaffe à ne pas l'abîmer ! Comme si le pauvre troubadour n'avait aucune valeur tandis que la guitare était précieuse. Puis on le traîna dehors. Il revint une troisième fois dans la salle, tiré cette fois par des hommes costauds vêtus de noir. Ils le remirent d'aplomb et je le vis tituber quand on le lâcha et qu'on lui tendit la guitare. Sa veste était à présent en loques et sa chemise en lambeaux, un des verres de ses lunettes était brisé et je me dis qu'il était impossible de chanter ainsi attifé. Pourquoi est-ce que personne n'apportait des soins à cet homme ? Pourquoi voulaient-ils tous l'écrabouiller ?

C'est alors qu'un prodige se produisit. Cette fois le chant fut d'une beauté si poignante et si mélodieuse, le texte en parfait accord avec la musique exprimant des sentiments si vrais, que lorsque je l'entendis, je fondis en larmes, que je sentis couler le long de mes joues puis tomber dans l'assiette devant moi sur la table. Cela faisait si longtemps. J'avais oublié que ça existait, que c'était possible – j'avais oublié de quoi l'art était capable. C'était plus qu'un chant. C'était un appel venu des profondeurs au grand Esprit omniprésent. Je ne me souvenais pas d'avoir pleuré depuis de nombreuses années. Et puis il est tombé.

J'ai bondi de ma chaise et couru vers lui. Il gisait inconscient à ce qu'il m'a semblé, et j'ai crié pour qu'on appelle une ambulance, vu qu'il était peut-être en train de mourir. Mais la plupart des convives se sont contentés de rire de bon cœur ou de poursuivre entre eux leur causette sur le goût de quelque sauce. J'eus l'impression que ma compagne était tout au loin, à l'autre bout de la table, et que la salle entière s'était étirée et tordue. J'ai crié à mon amie d'appeler une ambulance tandis que je tenais la tête du chanteur entre mes bras et lui caressais le front. Je lui dis avec bonté qu'il était maintenant temps de rentrer à la maison. Il me répondit si bas que je dus tendre l'oreille vers ses lèvres quand il chuchota : Je n'ai pas de maison.

La dernière chose dont je me souvienne est lorsque, sorti sur les marches, je scrutai l'horizon dans l'attente des ambulanciers. Il y avait des colonnes ioniques de chaque côté de l'entrée, mais elles étaient faites d'une sorte de carton. Cela augmenta encore mon irritation ; ces colonnes à la grecque n'étaient qu'une pâle imitation du modèle étranger. Cela révélait le mépris des gens pour leur propre culture et la nullité de leur image de soi, qui ne pouvait que tenter de faire des reproductions médiocres de ce qui était "chic à l'étranger", tout en laissant mourir leur propre artiste. Je me souviens que les ambulanciers étaient tout à fait relax, là, sur les marches où ils s'étaient mis à fumer en me disant que c'était *"smoke time"* et que leur droit à une pause cigarette était inscrit dans leur contrat de travail. Je me suis réveillé avec sur le bout de la langue le cri que l'homme était en train de mourir, mais les ambulanciers ne faisaient que rire sous cape à travers la fumée en regardant ailleurs.

•••

Mon ami m'appela vers midi d'un portable qu'il avait emprunté dans le service. Il me dit qu'il pouvait sortir pour fumer, par exemple à deux heures. Je pourrais alors arriver en voiture sur le parking devant l'entrée. Je suivis ses instructions, chargeai tout dans la voiture, vêtements, matériel, et provisions pour quelques jours. Puis je me rendis à l'endroit indiqué et attendis sur le parking jusqu'à ce qu'il soit exactement deux heures. Je vis alors qu'il était dans l'abri pour fumeurs d'où il s'avança tranquillement avant de s'introduire prestement dans la voiture, la cigarette au bec. Il faut toujours qu'on se complique la vie – pourquoi faire simple quand on peut faire compliqué… et ne plus voir clair ? Son plan à lui était aussi simple que génial, me dis-je en démarrant en trombe, cap à l'est, en mini-jeep.

•••

Comme je ne suis pas de nature à supporter les romans qui rallongent la sauce au point que leurs cent premières pages se passent sur la route qui relie la ville à sa banlieue, alors qu'il s'agit de relater un voyage en province, je commencerai mon récit sur les hauteurs de Hellisheiði. Il faisait un temps magnifique, le soleil printanier enlaçait tout ce qui se présentait de ses blancs rayons. J'avais du mal à croire que nous, les deux copains, étions en route pour le glacier du Hoffell, que nous pourrions enfin être ensemble quelque temps. Mon ami était si chaleureux et sincère. Et comme chaque fois que je ressentais un lien avec lui, les sentiments montèrent en moi de sorte que je me retrouvai et me mis à parler à celui qui écoutait et comprenait le mieux.

Il me raconta le rêve qu'il avait fait récemment. Depuis que nous étions ados nous avions coutume d'analyser les rêves l'un de l'autre. Il était entré dans une belle forêt. L'air était rempli du lourd parfum de la végétation et des papillons multicolores de toutes tailles et de toutes sortes voltigeaient dans le feuillage. Un beau visage de femme apparut, inconnu de lui, mais il éprouva du désir pour elle. C'était un plaisir d'exister là, dans la forêt. Jusqu'à l'arrivée des collectionneurs de papillons. Il parvint à chasser le premier d'entre eux en le frappant, au moment où il s'apprêtait à enfiler un papillon frémissant sur une aiguille destinée à garnir une boîte en verre. Mais un deuxième chasseur apparut alors, et ainsi de suite jusqu'à ce que mon ami ne pût faire face à leur nombre. Jusqu'à ce qu'il ne restât plus qu'un seul papillon.

Et après ? demandai-je. Il était plongé dans ses pensées et resta silencieux un bon moment. Bon Dieu, que les rêves m'emmerdent, dit-il ensuite. Nous avons parlé de choses et d'autres, acheté du café à emporter dans la bourgade de Selfoss et écouté Lacrimosa en boucle, tandis qu'il regardait d'un air absent les prés herbus de la plaine de Rangárvellir – élégie pour un ami. Il était libre. C'était comme si son âme assimilait cela petit à petit. Il versa des larmes et je compris alors à quel point l'emprisonnement sous la coupe de la stricte bonne femme l'avait profondément marqué.

C'est ce que j'éprouve à propos de ce voyage, camarade, dit-il enfin.

Il ne reste plus qu'un papillon.

Ne comprenant pas ce qu'il voulait dire, je tentai d'interpréter ce rêve de papillons. Je laissai mon esprit vagabonder en regardant la plaine tandis que le monstre analyste en moi s'en donnait à cœur joie. Le rêve pouvait avoir tant de significations. Nous avions franchi le pont sur la Markarfljót et je pris l'embranchement qui mène à la chute de Seljaland. En parcourant du regard la zone désertique on voyait au loin resplendir le glacier de Mýrdal. La lumière avait pris une nouvelle tonalité, on sentait la force accrue de cette clarté à gros grains qui alourdit le ciel au début du printemps. Promesse qui touche au plus profond.

Es-tu jamais monté sur un glacier ? demandai-je en jetant un coup d'œil à mon ami. Il s'était endormi et dodelinait de la tête.

•••

Il s'est réveillé quand nous nous sommes arrêtés à la cascade. C'est rare, lui ai-je dit, d'être seuls sur le parking. Pas un chat ! Mon ami reprenait vie, il me regarda en riant et remercia Dieu pour cette merveilleuse période de grippe qui nous laissait la chute d'eau pour nous tout seuls. Il sauta hors de la voiture et commença à se déshabiller. Je devinai tout de suite ce qu'il avait en tête ; rien ne pouvait le retenir. C'était du soulagement, un soulagement céleste qui éclatait en lui. Il était libéré de la servitude imposée par la stricte matrone, délivré des pilules à avaler et de la froide prison où on l'avait enfermé. En sous-vêtements, il s'élança vers la chute d'eau en poussant des cris de joie et je courus après lui.

Il se débarrassa de ses derniers vêtements avant de se plonger dans la bruine engendrée par le cours d'eau qui dévale sur les rochers. Il se tint là, tout nu, les bras en croix dans l'écume dont le prisme réfractant la lumière du soleil le faisait paraître auréolé de gloire. Il récita quelques vers d'un poème sur la cascade dont seul le son me parvenait. Il secouait sa tignasse hirsute, la plongeant de temps à autre sous le jet. Il faisait ballotter son pénis d'une cuisse à l'autre, habitude dont il s'était délecté depuis que le membre était devenu assez long pour cela. Il me cria, m'ordonna de venir le rejoindre. Se baissant, il emprisonnait dans ses mains l'écume de la surface et se l'appliquait sur le corps : Nous renaissons maintenant de l'écume comme Aphrodite ! Je protestai pour commencer. Et s'il venait des gens ? dis-je. Il ne m'entendit pas et continua d'insister de manière si pressante et d'une voix si vibrante de joie que je n'eus pas le courage de refuser.

Je me déshabillai complètement et le rejoignis dans l'eau.

Nous avons hurlé ensemble, éclaté de rire et poussé des cris de joie. Nous avons pris conscience peu à peu de la nature du voyage qui nous attendait. Alors nous nous sommes tus et regardés dans les yeux. Et puis des râles commencèrent à émaner de lui, c'étaient comme des rugissements étouffés de bête sauvage qui sortaient de l'estomac, c'était de la colère sacrée. Nous avons poussé des cris de guerre, répercutés par les falaises noires avant de se fondre dans le grondement de la cataracte. Nous avons donc crié encore plus fort. Ce furent des instants précieux, de ceux qui sont rares dans la vie sur terre.

J'ai tourné la tête. Un grand car était arrivé sur le parking et des gens se tenaient alentour, leurs appareils photos braqués sur nous. J'avais oublié d'emporter ma serviette. Cela nous fit rire aussi. Je courus jusqu'à notre tas de vêtements en enjoignant à mon ami de se rhabiller au plus vite.

•••

Quel bain purifiant et rafraîchissant ! dit-il lorsque nous démarrâmes. Il restera longtemps dans les mémoires, fis-je.

Que veux-tu dire ?

Eh bien, que nous avons poussé de glorieux cris de guerre, comme quand nous étions petits à jouer aux Indiens.

Il dit alors : Le combat n'a pas commencé, mon ami. Ne sois pas déconnecté à ce point. Reste avec moi. Je t'en prie, ne m'abandonne pas. Laisse nos mains s'agripper l'une à l'autre et nos longueurs d'onde s'accorder. De quoi as-tu peur au juste ?

Puis il prit ma main et la tint dans la sienne, poursuivant : Nous nous voyons si rarement à présent. Quasiment jamais. C'est la vie que tu mènes. C'est la vie que je mène. Mais maintenant que nous sommes enfin ensemble, je veux que nous parlions de ce qui compte. Que tu laisses tomber tout le reste. Chaque instant est précieux.

Il regarda dans le rétroviseur, lâchant ma main. Il dit que ce voyage pourrait bien se passer, ou mal tourner. Une chute de neige au large, à la surface de la mer. Il y avait manifestement quelque chose qui le tracassait.

Je suis sûr que nous ne sommes pas en route pour quelque foutue excursion sur un glacier à laquelle ta petite amie n'a pas pu participer, dit-il ensuite, tout changé et devenu cinglant. Tu as l'intention de me tuer, de me jeter dans une crevasse où on ne me retrouvera jamais. Tu diras que c'était un accident et feras semblant de me pleurer, mais ton cœur bondira de soulagement. Ce sera considéré comme une opération de salubrité publique. Les gens hisseront les drapeaux : Nous voilà enfin débarrassés de ce fardeau pesant sur la société !

Ne te prends pas au sérieux à ce point, lui dis-je.

En fait, tu es en train de te transformer en pauvre type sans âme ! reprit-il et je sentis ses yeux se fixer sur moi, tandis que, moi, je fixais la route. Tu négliges tes sentiments, tu les piétines et tu finiras en misérabiliste. L'étape suivante sera de te mettre à détester ce qui est faible, en toi et chez les autres. Tu n'éprouveras ni chaleur ni convivialité envers quiconque. Et puis, petit à petit, tu n'oseras plus aimer, tu tireras la lourde porte de plomb aux gonds grinçants, de sorte que le rayon passant par la fente diminuera sans cesse. Et ces rêves dans lesquels tu as oublié le landau quelque part avec le bébé à l'intérieur, sans te rappeler où, les brigands qui te poursuivent ; les symboles sont là chaque nuit, et ne servent à rien à ta conscience diurne. Parle-moi !

Toujours cette sacrée atmosphère de drame avec toi, m'écriai-je. Je déteste le drame ! Pourquoi est-ce qu'on ne peut pas mener une vie tranquille ? Écrire un petit bout de texte qui vous vaut une tape d'encouragement sur l'épaule. S'acheter quelque chose de bon à manger et regarder une série à la télé avec sa petite amie en survêtement sur le canapé ?

Saloperie de médiocrité ! s'exclama-t-il, scandalisé, et son regard se porta sur la plaine. Tu sais qu'Horace a dit que nul ne devrait tolérer la médiocrité de la part d'un auteur. Et toi, tu t'es mis à la vénérer ! Tu es devenu comme l'aide-soignante de ta propre vie.

Ouais, tu as l'art de trouver le mot juste, dis-je. Il était dépité, comme un petit enfant qu'on a négligé. C'est un peu trop compliqué, dis-je.

Alors, commence quelque part ! s'exclama-t-il. Comme quand tu racontes une histoire – simplement quelque part !

OK. J'ai traversé un divorce difficile.

Qui n'est pas passé par là ?

J'ai souffert de harcèlement à l'école.

C'est courant ! fit-il, sans ménagement.

Je me sens seul, tout le temps.

Fuck you !

J'ai l'impression que personne ne peut m'aimer.

Sentiment très commun, dit mon ami dépressif.

Tu ne peux pas forcer tout ça à sortir, dis-je. Tu ne peux pas enfoncer le couteau dans la plaie et remuer, bordel de merde ! C'est de la violence, et tu le sais. Après tout, tu es peut-être un homme violent ?

Tu ne comprends rien, fit mon ami dépressif, découragé. On dirait que tout t'est égal. Eh bien moi, ça ne m'est pas égal ! Nous avons si peu de temps. Il marmonna ces derniers mots dans sa barbe, je l'entendis parler d'une femme qui nous rattraperait.

•••

Nous décidâmes de nous arrêter à la station-service de Vík pour avaler un burger-frites. Mon ami peut parfois se comporter en grand enfant, comme je l'ai peut-être déjà dit. Là, il commença par demander à la serveuse si elle avait quelque chose à manger. Toute gentille, la brave fille nous tendit le menu, mais mon ami prétendit l'avoir parcouru et répéta sa question, ajoutant : Quelle sorte de foutue philosophie se cache là-dessous ? Est-ce le but déclaré de toutes les stations-services sur la route nationale de tuer les gens avec cette saloperie de friture ? N'avait-elle vraiment rien d'autre que du sucre et de la farine ? Était-ce si difficile d'avoir du poisson, ne serait-ce que de l'églefin au menu, ou une côtelette d'agneau, de la soupe à l'oignon ou à la rigueur un seul plat de légumes ? Quelque chose qu'on pourrait manger sans avoir à commander en même temps un traitement au service des soins palliatifs de l'hôpital national ?

Je tirai mon ami à l'écart de l'adolescente rougissante. Je le priai de se calmer et lui trouvai un siège. Puis je retournai vers la serveuse pour lui faire des excuses, alléguant que mon ami pouvait être un peu susceptible car il venait de traverser une période difficile. Après le hamburger, j'achetai des esquimaux et nous sortîmes sur le terre-plein, l'atmosphère étant devenue un peu étouffante dans la salle à manger. Quelques clients nous lorgnaient d'un œil sceptique.

C'était tout à fait supportable de rester dehors dans le vent du nord frisquet, à condition d'être au soleil. Et nous étions là à déguster nos esquimaux ; mon ami lisait à voix haute la liste des ingrédients sur l'emballage, rouspétant du fait qu'il n'y avait pas moins de sept additifs dans cette saloperie, alors qu'il ne voulait pas en absorber plus de deux, lorsque je vis soudain ses yeux s'assombrir. Il pointa le doigt vers le bout de route en haut du col et prononça : Ô, ôô. Ces voyelles sont chargées de sens dans la langue islandaise quand elles sont côte à côte et surtout quand le deuxième *ô* est tiré en longueur. Je vis mon ami pâlir. Il jeta la languette de bois à demi sucée dans la poubelle et fila vers la voiture. Je lui demandai ce qu'il se passait. Il me répondit, le souffle court : La matrone. Avec les verges. Que veux-tu dire ? demandai-je. Croyait-il vraiment que l'infirmière avait réussi à retrouver nos traces ?

Je levai les yeux vers la crête et vis une voiture blanche qui en descendait. Elle roulait vite assurément, laissant derrière elle un nuage de poussière, mais j'affirmai que ça ne pouvait pas être elle. Mon ami s'emporta alors : Je te dis que c'est elle qui arrive ! Partons. Tout de suite ! hurla-t-il du siège avant de la mini-jeep.

Je me suis assis au volant et, après avoir démarré, j'ai demandé où nous devions aller car il n'est pas facile de se cacher dans ces étendues sans fin, sauf si l'on réussit à trouver le flanc de la plaine, comme disait le poète.

Nous devrions essayer de nous cacher derrière une maison, trouver un mur, que sais-je, dit mon ami, tout agité : Foutons le camp !

Tout au sud de la bourgade, près de la mer, il y avait une petite piscine et un gymnase, à ce qu'il semblait. Je suivis l'embranchement en terre battue et me garai côté est du bâtiment dans un petit renfoncement à l'écart. J'arrêtai le moteur et regardai mon ami, angoissé comme un enfant perdu. Je rallumai le contact et fis marche arrière dans le coin de manière à pouvoir foncer droit devant sur la route. Mon cœur battait la chamade.

Il n'y avait pas d'échappatoire. La voiture blanche apparut tranquillement au coin de la maison, le gravier crissant sous les pneus. C'était une Toyota Yaris qui avançait lentement.

C'était elle. Je reconnus le nez pointu et les cheveux noirs rassemblés en queue de cheval. Elle portait des lunettes de soleil fantaisie et nous fixait en entrant dans notre champ de vision. La façon dont elle se gara juste devant nous, bloquant la sortie vers l'est, était significative. Nous la regardions fixement. Elle gardait le moteur en marche, comme en état d'alerte. C'était irréel. Comment diable nous avait-elle trouvés ? Je réfléchis – le portable, avait-elle obtenu nos données GPS par la police ? J'attrapai mon appareil à tâtons pour l'éteindre. Qu'est-ce qu'on fait ?

On fout le camp ! Allez ! soupira mon ami. Je démarrai. Peut-être n'était-ce pas elle après tout, peut-être seulement quelqu'un qui lui ressemblait. C'est ce que j'espérais. Mais quand je vis qu'elle mettait les gaz après nous, il n'y eut plus aucun doute. J'accélérai à fond, faisant jaillir le gravier sous les roues et quand je débouchai en dérapant sur la route asphaltée, la voiture fit un bond à faire gémir les pneus.

Et puis quoi ensuite ? criai-je à mon ami. Ce n'était pas possible de jouer à la poursuite automobile dans le bourg de Vík í Mýrdal !

On va tâcher de la semer, dit-il d'une voix tremblante, en nous cachant derrière une maison. C'est notre seule chance. Je tournai rapidement sur la gauche dans la rue principale qui menait au gymnase et je vis dans le rétroviseur qu'elle prenait le même virage dans une émission de fumée – sa façon de conduire dénotait la rage. Je fonçai vers le nord et m'engouffrai dans une rue à droite où il y avait un grand bâtiment sur la gauche, puis aussitôt de nouveau à droite entre des maisons, gauche, droite encore. Elle gagnait du terrain sur les lignes droites ; il n'y avait pas moyen de s'en débarrasser. Je débouchai avec un nuage de fumée dans une rue du quartier résidentiel. Elle était juste derrière nous ; il ne fallait pas faire d'erreur. Je réalisai qu'être à bord d'une petite jeep haute sur pattes nous avantageait ; je traversai donc la route nationale pour pénétrer dans ce qui s'appelle Vík Camping et, de là, dans le terrain réservé aux tentes, en coupant par le pré puis, sans le vouloir, la haie d'arbustes à hauteur d'homme qui divisait la zone.

À mon grand étonnement, elle s'aventura droit dans l'herbe derrière nous, puis à travers la même haie dont elle coucha définitivement les arbustes, car bien que sa voiture fût basse, elle arriva par bonds derrière nous et c'était à donner le frisson de voir dans le rétroviseur sa tête bien droite tressauter aux cahots causés par ce qu'elle écrasait. La poursuite continua en tous sens sur le terrain, mais je ralentis enfin, faisant semblant de vouloir tourner à gauche sur un chemin de terre menant à la mer. Elle mordit à l'hameçon et accéléra en nous dépassant pour tomber sur une pile de bacs à poisson. Son coup de frein brutal lui fit faire un tête-à-queue. Ses lunettes de soleil avaient sauté en l'air. Son moteur cala – tandis que je virais aussitôt à droite et fonçais à la vitesse grand V.

Il faut maintenant trouver un endroit où nous cacher ! dit mon ami dépressif qui s'était un peu calmé en voyant que j'avais la situation en main. En arrivant à la sortie de l'agglomération, un peu plus à l'est, j'aperçus deux hangars allongés et roulai à toute blinde vers eux dans l'espoir qu'elle ne voie pas notre direction. Derrière les hangars se trouvaient trois conteneurs rouillés disposés en U. J'introduisis la voiture entre eux et coupai le contact. Nous attendîmes sur le qui-vive, les yeux rivés sur les parois métalliques corrodées. Le silence régnait dans le bourg de Vík í Mýrdal. En prêtant l'oreille, on ne distinguait que le grondement du ressac sur la côte. Le trafic étant concentré autour de la station-service sur la route nationale, on n'avait pas vu âme qui vive dans le village, si ce n'est une femme poussant un landau, qui nous avait d'ailleurs montré le poing quand nous l'avions doublée à toute vitesse, la matrone à nos trousses.

Nous attendions là, angoissés. Près de dix minutes se sont écoulées, qui nous ont paru une éternité. Nous avons chuchoté : Se pourrait-il que nous ayons réussi à la semer ? Qu'elle ait abandonné ?

On n'a pas eu longtemps à attendre. Mon ami fut le premier à s'en apercevoir ; il émit un soupir de frayeur et je la vis dans le rétroviseur marcher vers nous. Elle portait un petit sac à l'épaule et j'imaginai qu'il devait renfermer un révolver ou une massue. À quelques mètres de nous, elle s'arrêta et enleva ses lunettes de soleil, laissant apparaître ses yeux noirs. Elle crispa les doigts, puis les détendit, ajusta la courroie de son sac en travers de sa poitrine comme pour se préparer à l'attaque. Puis elle avança tranquillement jusqu'à nous. Je bloquai les portières et démarrai. Je fis marche arrière dans sa direction – c'était la seule issue.

Je ne pouvais pas tourner avant d'être sorti de l'impasse des conteneurs et lorsque nous arrivâmes à son niveau, elle sauta sur la voiture comme un lynx chuintant et se posa sur le marchepied de mon côté. Elle agrippa l'essuie-glace et resta ainsi accrochée à la voiture roulant toujours en marche arrière. Elle criaillait – je reconnaissais la voix sévère – que nous n'en réchapperions jamais ! Qu'il fallait que je m'arrête, sinon il m'en coûterait cher ! Elle nous cria dessus, le visage collé au pare-brise et je n'oublierai jamais le faciès défiguré et hurlant – il est gravé sur la tablette de cire de mon cœur. Mon ami dépressif poussa un cri.

Je ripostai en faisant gicler le lave-glace tout en reculant et j'aspergeai à jet continu le visage déformé par la rage qui émettait des cris glougloutants rappelant le gargarisme du soir. L'essuie-glace se mit en marche et, toujours cramponnée, elle suivit le mouvement plusieurs fois de gauche à droite. Elle avait une force diabolique, et le bras de l'essuie-glace finit par céder, cessant totalement de fonctionner avant de se détacher, ce qui la fit retomber en arrière. Je reculai plus loin avant de tourner.

La dernière chose que je vis d'elle dans le rétroviseur fut son poing levé dans notre direction, tandis qu'à genoux, elle tenait l'essuie-glace en guise d'arme blanche dans l'autre main. Je vis sa bouche remuer sans entendre aucun son. Nous rejoignîmes la route nationale à fond la caisse et poursuivîmes vers l'est aussi vite que les roues nous portaient.

•••

Je me doutais bien que ça se passerait comme ça, dit mon ami dépressif en soupirant. Jamais il ne sera accordé à l'âme humaine d'avoir un moment de paix sur la terre. Qu'il soit permis de dire : Je compatis à ton mal, personne humaine, qui laisse le temps farcir ton âme de saleté !

Elle détenait, bien entendu, la dernière appli pour nous repérer, poursuivit-il, elle était sacrément à la pointe du progrès et au courant de tout, elle savait quels étaient les avions qui passaient, elle avait une vue d'ensemble du trafic maritime autour du pays. Elle n'aurait jamais eu de mal à nous retrouver. Elle possédait une appli indiquant sa propre consommation, son rythme cardiaque et le nombre de pas faits tel ou tel jour et elle se laissait inonder d'offres, était avide de nouvelles – premier signe de la mort de l'esprit. Elle écoutait la radio tout en regardant les infos à la télé et faisait défiler les vidéos TikTok les plus tendance. Elle captait tout sans réfléchir à rien. Elle avait le doigt sur le pouls, une vue globale de tous ceux qui jouaient un rôle sur les réseaux sociaux.

Elle n'était pas à proprement parler stupide, poursuivit mon ami dépressif, elle n'avait tout simplement aucun recul, elle était ouverte comme un tuyau et se laissait traverser par n'importe quelle eau sale. La Mère Fouettard, comme il s'était mis à désigner l'infirmière, avait selon lui une sorte de confiance puérile dans le présent. C'était une consommatrice sans restriction, elle n'avait pas de vie intérieure et n'était, de ce fait, plus guère humaine – ou pis encore, elle était un être humain dont l'humanité avait disparu. Elle n'était pas vraiment mauvaise, le mal résidait dans sa servilité. Or tout ce qui a été créé de beau, comme les sagas des Islandais par exemple, est une révolte contre la servilité. Les Islandais du Moyen Âge n'ont pas laissé les Européens du continent leur dire comment il fallait les écrire. La servilité consiste à se conformer totalement aux volontés de l'époque – ce qui revient à dire que tu es périmé.

Nous étions arrivés aux étendues de sable de Skeiðarársand. J'attirai son attention sur la réussite incroyable d'avoir fait pousser de l'herbe au bord de la route alors qu'il n'y avait que du sable de chaque côté, à perte de vue.

Ne baisse pas la voile de l'affection à mon égard, dit mon ami susceptible. Il exigeait sans cesse que l'on soit là pour lui et cela pouvait être éprouvant, surtout à ce moment où, concentré sur la conduite, j'avais l'âme minée par la peur que la matrone ne nous rattrape.

T'est-il jamais venu à l'idée, demanda mon ami, qu'il n'y a peut-être rien qui cloche chez toi ? Que ton insensibilité n'est pas ta faute ? Que cette évasion constante loin du cœur puisse être un réflexe que tu as développé étant enfant et qui est devenu parfaitement naturel face à la société dans laquelle tu vis ?

Je n'arrivais plus à prêter attention à ce qu'il disait. Dans le rétroviseur latéral je pouvais maintenant distinguer tout au loin la Yaris blanche de la mort. Je mis tout le paquet sur l'accélérateur pour rouler aussi vite que possible, mais cela ne suffit pas. Au bout d'une demi-heure, elle nous avait rejoints. Nous étions arrivés près de Skaftafell. La route asphaltée à deux voies avait des accotements en gravillons et il ne me vint rien d'autre à l'idée que de l'obliger à rester derrière nous. Chaque fois qu'elle essayait d'arriver sur notre flanc, je donnais un coup de volant pour l'en empêcher. Ce manège dura quelque temps, mais elle finit par se faufiler et apparut de mon côté. Sa voiture dépassait le bord de la route sans qu'elle ralentisse le moins du monde. Elle s'écarta alors un peu pour rentrer de plein fouet dans le flanc de notre voiture, de sorte que je faillis perdre le contrôle de la mini-jeep. C'était de la rage à l'état pur.

Elle répéta ce petit jeu coup après coup, ayant cabossé tout le côté passager de sa voiture et le phare avant ne tenant plus qu'à un fil. Mais j'entrevis de nouveau l'occasion de lui jouer un tour à la faveur d'une fausse manœuvre. La prochaine fois qu'elle mit le cap à plein sur notre portière, je stoppai net. Elle fonça en revanche dans l'obstacle… qui n'était plus là. Sa voiture eut un soubresaut soudain, le pneu avant sauta de la jante avec une explosion et nous vîmes le dessous de la Toyota Yaris s'élever devant nous au ralenti, dans un nuage de fumée de caoutchouc et de poussière. Elle fit ensuite trois ou quatre tonneaux sur le terrain plat à droite de la route.

Je freinai et sortis en courant. Mon ami me suivit, criant que nous ne pouvions rien faire. C'était sa faute à elle. J'arrivai à la voiture qui était à l'envers, toute cabossée et enduite de boue et de sable. La vitre du côté du chauffeur était toute fêlée mais je vis que la conductrice avait sa ceinture de sécurité. Elle avait la tête de travers, plaquée contre le toit, le corps paraissant reposer sur l'épaule droite. Elle semblait être inconsciente, ses lunettes pendaient à une mèche de cheveux et elle avait à la tempe une blessure visible d'où du sang s'écoulait le long de son front et se ramifiait comme les eaux sur les sables alentour.

Mon ami saisit ma main. Allons-nous-en, dit-il. J'essayai de l'envoyer promener en disant que nous ne pouvions pas la laisser crever là, mais il se fit encore plus insistant alors que je m'efforçais d'ouvrir la portière qui était totalement bloquée. Il me tira en arrière. Il avait une sacrée force dans les bras.

Il hurlait : On la laisse là où elle est, tu m'entends ! Ce n'était pas notre faute ! D'autres s'occuperont d'elle ! Il était plus fort que moi. Je sentis alors à quel point il la haïssait de tout son être.

•••

Nous sommes arrivés à l'hôtel Jökull à l'heure du dîner.

Les gens se rassemblaient à l'intérieur et un petit car apparut ensuite avec un groupe bien fourni. Je reconnus quelques collègues de ma compagne, de sorte qu'il me fut facile de bavarder avec eux et ils saluèrent aussi mon ami bien qu'il se tînt un peu en retrait. Il était toujours intimidé parmi des inconnus.

Après le repas, des cubis de vin furent disposés sur les tables et rires et sourires dévoilèrent des dents bleutées. On commença par des jeux, histoire de rompre la glace. L'assistance fut divisée en équipes et les joueurs se nouèrent à la taille une ficelle à laquelle était attaché un crayon qu'il fallait enfoncer dans le goulot d'une bouteille. Puis les participants, deux par deux, devaient maintenir une balle de tennis coincée entre leurs fronts tout en allant et venant le long d'une voie marquée, et ainsi de suite. Quelqu'un s'était emparé d'une guitare et après *House of the Rising Sun*, *Hotel California* et quelques airs de plus, le programme paraissait tirer à sa fin. C'est alors que mon ami entreprit de se faire entendre. Il demanda à emprunter la guitare. Son audace me surprit – il avait commencé à "sortir du placard" dans un certain sens. Il était tellement sincère quand il s'exprimait.

Mais les gens ne firent silence que lorsqu'il déclara s'être échappé du service de psychiatrie 33A dans la matinée, et plusieurs se mirent à rire car y avait-il quelqu'un dans la salle qui ne soit pas sorti de chez les fous ? Les gens s'esclaffèrent et il entreprit alors de décrire comment une cruelle infirmière du service dont il était le protégé nous avait poursuivis comme une enragée. Elle voulait me rattraper, dit-il, pour m'enfermer à nouveau dans l'institution. Elle roulait dans une Toyota Yaris que nous, les copains, appelions la Yaris de la mort. Les gens, bien disposés, prenaient cela pour un divertissement improvisé. Puis il décrivit avec éloquence la course-poursuite en voiture à Vík í Mýrdal, ce dont on ne pouvait que rigoler, là où nous avions roulé à travers la haie du camping et même sur quelques tentes au passage qui, ajouta-t-il, lui avaient heureusement semblé vides. Les amateurs de chevaux pouvaient oublier désormais Vík Horse

Adventures, c'était maintenant Vík Horse Everyday Hell, car l'infirmière enragée avait brisé toutes les clôtures, dérapé et labouré le terrain avec fureur. Il décrivit comment elle s'était accrochée à notre voiture, le visage plaqué contre le pare-brise, illustrant ses dires de grimaces qui, je dois dire, restituaient fort bien le faciès déformé, resté vivace dans ma mémoire.

Il apparut que mon ami dépressif avait parfaitement conservé son talent d'acteur et d'imitateur. Il raconta comment nous lui avions fait lâcher prise en l'aspergeant de liquide lave-glace. Du coup elle n'avait plus mauvaise haleine, mais était d'autant plus ivre. Et si les gens étaient tombés sur une femme soûle boitant sur les étendues de sable, ce n'était pas un fantôme, mais bien la cruelle infirmière de Reykjavík. Grâce à ces manœuvres, nous avions réussi à nous débarrasser d'elle pour un bon moment. Mais la déveine n'est jamais loin, ajouta-t-il, et la maudite infirmière nous avait rattrapés, là-bas sur les sables et nous avait fait une queue de poisson visant le flanc de notre voiture, ce qui avait abouti à lui faire quitter la route pour effectuer quelques tonneaux. Rien de grave, pas de dommage à homme ni bête. Les gens se tordaient de rire. L'histoire était accompagnée de la description détaillée de celle qu'il appelait la Mère Fouettard, ainsi que de la pauvreté de sa vie intérieure. Il demanda ensuite : Qui n'a pas de Mère Fouettard à ses trousses ?

Eh bien, celui qui sait faire rire, me dis-je.

C'était une connexion humaine, ses paroles venaient droit du cœur et, malgré leur résonance absurde, elles reflétaient une réalité que certains semblaient connaître. Puis il accorda la guitare et se mit à chanter une chanson très particulière qui ressemblait à une méditation psychologique profonde, pimentée de douloureux exemples de relations humaines. Le refrain disait ceci :

Je ne cacherai pas
que je suis soulagé
de comprendre enfin
le cœur du problème :
*je n'ai pas le droit d'existe*r

Il devait avoir composé cela lui-même. Je sentis que les gens étaient émus. Ils se regardaient les uns les autres, se demandant d'où venait cette chanson – pourquoi ils ne l'avaient jamais entendue avant ? Il avait une voix forte, pleine de vie chaleureuse et quand il entonna ensuite le vieil air de Lesley Gore, "*It's my party and I cry if I want to*", ce fut avec tant de lenteur et de sincérité que la chanson y gagna une troisième dimension ; au bout d'un moment, les gens comprirent de quoi il s'agissait.

Je ressentais de la fatigue après cette journée mouvementée, mais mon ami avait les yeux brillants et semblait s'être éveillé d'un long sommeil. Une fois revenus à notre chambre d'hôtel, il me remercia pour cette journée au moment de se coucher, ajoutant à quel point c'était précieux pour lui de pouvoir participer à cette sortie projetée sur le glacier.

Je suis peut-être comme un élan, dit-il, qui suit la sente tracée par des générations, malgré l'autoroute moderne qui coupe la vieille piste, et je finirai par être écrasé. Mais je suis heureux de pouvoir vivre des jours comme ça. Il ajouta :

L'autre jour je regardais la bouteille d'huile de foie de morue sur la table du petit-déjeuner. Il m'était impossible de me rappeler si j'en avais pris plus tôt le matin. J'en ai donc avalé, sans doute pour la deuxième fois. Et je pense que j'en prendrai de plus en plus souvent chaque matin à mesure que je vieillirai, du fait que je ne me souviendrai pas d'en avoir pris avant. C'est un processus automatique sans intervention de la conscience. Et l'on peut donc dire que je ne prends plus vraiment d'huile de foie de morue à présent. Ou alors, si l'on a pris de l'huile sans se le rappeler, en a-t-on vraiment pris ? Tout ce que l'on fait en l'absence de conscience et de sentiments, est-ce que cela a jamais eu lieu ? Et la vie qu'on mène comme ça, est-ce une vie en réalité ? À propos d'huile, je me suis dit que le foie fondu ne fait peut-être que traverser le corps sans lui faire du bien parce qu'*on n'a pas prêté totalement attention* à sa prise, ni pensé à ses bienfaits pendant qu'on l'absorbait. En serait-il de même avec tout ce qu'il y a de bon dans la vie ? Que Dieu nous rende la sensibilité originelle. Tu me comprends, dit mon ami dépressif. Nous savons où jeter les ordures. Mais où faut-il jeter la poubelle ? Je voulais simplement te dire, belle journée. Merci, mon ami.

Tu es unique en ton genre, marmonnai-je en me mettant au lit. Une profonde torpeur m'envahit, de sorte que le discours de mon ami me parvint indistinctement sans que j'en saisisse le fil conducteur, les phrases étant comme des branches feuillues qui vous effleurent à l'entrée de la forêt du rêve.

•••

La table du petit-déjeuner était richement servie et les gens amicaux. Ils remercièrent mon ami dépressif pour le divertissement de la veille au soir. Certains l'interrogèrent sur la chanson que personne ne connaissait – mais qui méritait d'être connue. Mon ami avait du mal à recevoir les compliments. Ce n'était que l'amusette d'un soir, répondait-il. Dehors, dans le pré brillait un soleil éclatant et une brise légère soufflait du nord sans être froide. Quand les gens ont commencé à s'éloigner pour monter dans les voitures, nous avons rassemblé nos affaires afin d'être prêts à partir. Le plan était simple, ceux qui comme nous étaient en jeep ou en mini-jeep, devaient suivre la piste jusqu'à la lisière du glacier Hoffell. Ceux qui étaient arrivés en car monteraient dans deux quatre-quatre Econoline qui attendaient sur le parking.

La route était exécrable après l'hiver, au point de nous donner presque le mal de mer à force de secousses. Ce fut un soulagement d'arriver à la limite du glacier, car la piste était devenue tellement impraticable à son approche que notre petite jeep avait bien du mal à s'en tirer. La voiture une fois garée, nous en sortîmes dans l'air pur et limpide. Munis de notre casse-croûte et de nos sacs, nous nous mîmes en route derrière les autres, à l'assaut du glacier, dont la langue s'étalait à nos pieds. Là où le glacier se détache contre le ciel* – c'est super cool, compléta mon ami avec son sourire en coin. Une forte clarté émanait de la couche de glace, d'une intensité à blesser les yeux et je fouillai dans le sac à la recherche de lunettes de soleil et de crème solaire. Il se pourrait que l'illumination du divin se produise ici même, comme l'aurait formulé le poète** des fjords de l'Ouest, dit mon ami dépressif en prenant ses lunettes noires.

N'était-ce pas de Laxness aussi ?

Il l'a volé au poète, rétorqua mon ami.

Je commençais à comprendre pourquoi des gens du monde entier venaient en Islande faire des excursions sur les glaciers. Jamais il ne m'était venu à l'idée, à moi l'Islandais, d'aller y vadrouiller. J'en vins à considérer le désistement de ma compagne comme un don du ciel qui nous avait amenés ici. Plus nous montions sur cette grosse langue du Vatnajökull, plus l'air devenait froid et léger. Deux autoneiges équipées de chenilles nous attendaient pour amener le groupe plus loin sur le glacier. Nous nous dirigeâmes vers la première et, juché sur une marche, je cherchais du regard deux places pour nous, quand je sentis la main de mon ami derrière moi agripper la mienne. Mes yeux se portèrent alors à l'avant du véhicule.

Elle était assise là et bavardait avec le chauffeur, riant et posant légèrement la main sur son bras. Elle avait un sparadrap sur la tempe, que les lunettes de soleil ne parvenaient pas à cacher. Elle était là, prête à nous reprendre dans ses filets.

Cramponné à moi, il me tira brutalement hors du véhicule.

---

* Allusion à une phrase célèbre du roman de Halldór Laxness *Lumière du monde : "Là où le glacier se détache contre le ciel..., règne seule la beauté."*

** Allusion au poète populaire Magnús H. Magnússon qui a inspiré Halldór Laxness.

Le guide qui se tenait là s'étonna de cette empoignade et je lui expliquai que mon ami était un peu spécial, ultrasensible comme on dit, et qu'il avait peur de tout, comme de tomber dans une faille. J'ajoutai que nous n'irions sans doute pas plus loin, nous contentant d'être arrivés là. C'était du reste une sortie formidable, même si nous nous arrêtions là. Nous pourrions faire un petit tour à pied et redescendre ensuite tranquillement à notre voiture.

J'avais remarqué qu'il y avait quelques scooters des neiges et du matériel de ski dans les remorques attachées aux autoneiges et même ce qu'on appelle des "attelages à chien" que le skieur enfile pour se laisser traîner.

À cette vue, je m'enhardis à demander au guide s'il serait possible d'avoir une petite compensation au fait que mon ami n'osait pas monter dans l'autoneige. Le guide prit bien la chose, comprenant qu'il fallait nous donner "quelque chose à faire".

Tout se passa très vite. Il retira un des scooters de la remorque et me montra où étaient démarreur et accélérateur. Il m'assura qu'il n'y avait pas de failles et que le terrain était bien plat par ici, à l'extrémité sud de la langue glaciaire, mais qu'il y avait des creux, des bosses et même des crevasses à l'approche des contreforts. Je serais donc *safe*, si je m'en tenais au plat à la base du glacier. "Allez-y doucement, c'est ça qui compte, et pas vers le haut !" Mon ami reçut des skis et des godasses à sa pointure, ainsi qu'un harnais à chien.

Et en moins de rien, nous étions là, mon ami dépressif et moi, participant à la sortie dans l'inconnu destinée à ma compagne, juchés sur la langue glaciaire. Nous suivîmes du regard le départ des autoneiges qui s'enfonçaient dans la masse blanche du glacier. Nous étions tous deux tendus dans l'attente de savoir si la matrone allait en sortir ou pas. Elle ne savait évidemment pas sur quel pied danser et il fallait profiter du temps gagné. Elle ne pouvait pas être arrivée dans sa propre voiture et serait donc obligée de suivre le groupe à la montée comme à la descente pour rejoindre les grosses jeeps.

Avions-nous encore réussi à lui jouer un tour ?

J'entrepris aussitôt de harnacher mon ami et de lui faire enfiler les chaussures de ski. Il était contre et rouspétait amèrement, disant qu'il n'avait pas fait de ski depuis trente ans. Je l'assurai que nous avancerions très prudemment, jusqu'à être hors de vue des autoneiges afin qu'elle ne nous remarque pas. Après quoi, nous couperions le contact et prendrions le frais, au sens propre du mot. Elle ne pourrait guère nous retrouver si nous disparaissions dans quelque creux. J'exhortai mon ami qui redoutait tout ce qui était imprévu, tout en critiquant chez lui avec sincérité une telle attitude face à la vie. Je lui parlai calmement tout en m'efforçant d'être intrépide. Il se tenait là sur ses jambes maigres, dans sa parka verte. Ayant chaussé les skis, il faillit tomber pour commencer et c'était comique à voir. Je lui dis de ne pas abdiquer, nous allions y arriver, il ne pouvait pas la laisser avoir tant de prise sur lui, ce serait une victoire personnelle, et une fois arrivés derrière la hauteur la plus proche, nous serions des hommes libres ! Quand l'autoneige se serait enfoncée loin dans le glacier, nous descendrions vers la voiture pour foutre le camp, loin de tout, et d'elle en particulier.

•••

Je mis le moteur en marche. Sa force fit vibrer le scooter au point de me chatouiller le derrière. Je démarrai tranquillement. Mon ami le supporta bien. Il me sembla même le voir sourire quand je tournai la tête. Je pris garde à m'arrêter dès que je sentais l'attelage se tendre. Il tomba plusieurs fois au début, n'étant pas tout à fait équilibré, comme on dit de ceux qui ont un problème psychique. Mais contre toute attente, il sembla prendre plaisir à la chose en persévérant et il était prompt à se relever. Nous glissâmes ainsi dans la liberté des étendues glacées et d'un ciel bleu à la fois proche et lointain.

C'est la grande différence qui distingue l'Islande des autres pays : le ciel y est tellement proche de la terre. Et c'était sous ce ciel que glissait la motoneige avec mon ami dépressif à la remorque. Il poussait des cris, toujours du genre m'as-tu-vu, et se tenait parfois en équilibre sur un seul ski. J'éprouvais de plus en plus d'affection pour lui. Il était encore engourdi après avoir été longtemps alité, vivait plus lentement que la plupart des gens, tout seul, mais c'était un bon ami et il avait si peu de soutien. Je me sentais en partie responsable de son bien-être. J'étais chagriné du fait que la relation entre nous s'était refroidie avec les années. Et cette proximité vivifiante avec lui que j'avais ressentie la veille quand il rayonnait comme un gosse, comme il y avait longtemps de cela ! Or si je n'avais pas été déraisonnable, si je n'avais pas commis le délit de l'enlever à l'institution, cette entente n'aurait jamais revu le jour. Je savais que cela risquait d'être un combat désespéré. Même si la matrone ne nous rattrapait pas ici, sur le glacier, elle le ferait lorsque nous serions de retour en zone habitée. Elle finirait par obtenir ce qu'elle voulait : l'enfermer à nouveau et m'infliger une interdiction de visite. Elle avait le système pour elle et comment un pauvre individu peut-il lutter contre tout un système ? Pourquoi devrait-il y user toutes ses forces ? Je me dis qu'il fallait apprendre à profiter de l'instant ; on nous avait flanqués sur cette étendue blanche, nous étions ensemble maintenant et c'était bien. Une petite élévation se présenta, derrière laquelle nous disparûmes aux regards. J'arrêtai le moteur du scooter. Je vis que les joues de mon ami barbu avaient pris de la couleur ; il s'épanouit quand je sortis le sac contenant le casse-croûte.

•••

Le petit vent froid qui avait soufflé ce matin-là s'était calmé, de sorte que la vapeur montait tout droit de nos tasses de café tandis qu'à califourchon sur le scooter, nous goûtions une tranquillité rare et profonde. Il était assis derrière moi, toujours chaussé de ses skis. Il me dit que les choses se passeraient sans doute de telle manière qu'il serait interné à nouveau. Il le redoutait. Mais il espérait que je viendrais le voir. Nous finirions par obtenir la levée de l'interdiction de visite. Son rêve avait toutefois une plus large portée. Il avait envie de retrouver la santé et de refaire partie de la société des hommes, si seulement on pouvait lui trouver une place, un rôle quelconque à jouer. Il aurait beaucoup à offrir, si on lui en donnait l'occasion. Si seulement survenaient d'autres temps, où les gens seraient plus tolérants envers des hommes comme lui. La société humaine avait besoin aussi de types sensibles et de drôles de types. Cela n'avait jamais eu autant d'importance qu'à présent.

J'avais envie de dire quelque chose, mais ne pus sortir un seul mot. J'avais la gorge serrée et ce qu'il disait m'interpellait. Je me demandais quelle était vraiment cette société qui ne voyait aucune richesse dans des hommes comme lui. À une époque où tout était à vendre, ce qui était le plus précieux avait perdu toute sa valeur. J'avais honte de cette culture dans laquelle j'étais coincé, j'avais honte d'en faire partie, j'avais honte d'avoir perdu l'esprit de rébellion contre les démons, comme c'était le cas de la matrone qui depuis longtemps s'était abandonnée à leur pouvoir. J'avais moi-même commencé à mordre à l'hameçon en avalant n'importe quelle saloperie. Je m'étais éloigné de moi-même et j'étais comme anesthésié ; c'était le seul moyen de survivre. Étais-je peut-être en voie de devenir comme elle ?

Nous sommes aux prises avec le nouveau comme avec l'ancien, dit mon ami dépressif, à la fois à l'extérieur et à l'intérieur de nous-mêmes. Cette guerre pitoyable…

Pardonne-moi, dis-je. Tout cela était ma faute, j'avais fait fausse route d'un bout à l'autre. Il m'entoura de ses bras chaleureux. J'étais ému, j'eus un petit sanglot dans son étreinte, une ou deux larmes jaillirent de mes yeux.

C'est à ce moment-là que je perçus le bourdonnement d'un moteur dans le lointain. Nous échangeâmes un regard rapide tandis que nos cœurs marquaient un temps d'arrêt. Je jetai le contenu de ma tasse de café et montai en courant sur la hauteur pour avoir vue sur la masse du glacier.

Je vis une motoneige se diriger par bonds dans notre direction. Un jet de neige retombait en arc argenté derrière les chenilles tournant à fond. La même rage émanait du grondement du moteur à plein régime. Lorsque le scooter amorça la descente vers nous, il n'y eut plus de doute possible. C'était elle. Elle arrivait à toute vitesse, elle avait retrouvé notre piste.

Un réflexe naturel s'empara de moi et je ne pensai qu'à fuir. Je dis à mon ami qu'il nous fallait monter droit sur le flanc du glacier, en espérant qu'elle n'ose pas nous suivre. Il s'escrima aussitôt à dégager ses chaussures des fixations et j'essayai de l'aider mais sans y parvenir ! Les godasses étaient comme soudées aux skis par quelque foutu système dont on avait oublié de nous donner la clé. Je le regardai en lui demandant s'il pensait pouvoir supporter la chose ?

Ça ne lui disait rien, mais c'est alors qu'elle apparut en haut de la colline dans toute sa gloire frigorifiante. Et tandis que nous étions là à nous dépatouiller, elle arrêta le moteur de sorte que nous perçûmes le son de son rire, atténué par le casque mais distinct tout de même ; c'était le grincement des gonds d'une porte de maison suintante et abandonnée, c'était un rire spectral de mauvais augure. D'une voix tremblante, mon ami dit qu'il fallait tenter le coup. Je me rendis compte soudain qu'il pouvait garder les skis aux pieds et s'asseoir derrière moi et c'est ainsi qu'il s'installa, les skis de chaque côté de l'engin, cela ne faisait rien s'ils dépassaient un peu. J'enfournai le casse-croûte dans le sac que je balançai sur mon dos et mis le moteur en marche. Mon ami dépressif et moi démarrâmes à pleins gaz.

C'était bien entendu voué à l'échec, comme on dit, mais j'avais pourtant un faible espoir. Penser à la façon dont elle nous séparerait à nouveau me fendait le cœur. Je sentais l'arrière du scooter osciller ; nous étions arrivés sur une surface inégale avec des trous et de petites failles, il fallait que je me concentre au maximum pour éviter les creux et les crevasses de ce paysage de glace. Je commençai à percevoir quelque chose comme un cri indistinct par-derrière et, pensant qu'elle avait un problème, je redoublai de vitesse. L'idée de me retourner pour regarder en arrière était absurde, *a fortiori* de ralentir ; une chose m'accaparait : regarder droit devant moi pour ne pas plonger dans un gouffre. Il me sembla alors reconnaître la voix de mon ami et, en tournant la tête, je vis qu'il était tombé et que je le tirais par le harnais. Impossible de décrire exactement ce qui s'est passé ensuite, mais le scooter a soudain perdu le contact avec la terre. La chute dura quelques secondes avant qu'un mur de glace ne vienne à notre rencontre de plein fouet. Je passai en revue les éléments majeurs de mon existence juste avant le choc, et sentis l'ombre de la matrone se dresser par-derrière.

•••

Il n'y a aucun moyen de savoir combien de temps je suis resté là, inconscient. Je me suis réveillé au bruit de ses cris, tandis qu'elle me secouait, la peur perçant dans sa voix. La crevasse n'était pas profonde et s'enfonçait heureusement en pente douce jusqu'au mur de glace que j'avais heurté, mais la motoneige était couchée sur le flanc et moi, à moitié en dessous. Je ne sentais plus ma jambe droite qui gisait sous l'engin. Le pare-brise cassé reposait sur ma tête ; j'avais sans doute été projeté contre lui et, cédant sous mon poids, il avait atténué le choc et m'avait sauvé la vie. Ce n'est qu'après cette analyse de la situation que je me remémorai ce que j'avais vu en dernier : mon ami dépressif glissant à ma suite.

La pensée s'empara de moi que j'avais probablement causé sa mort. La condamnation à la prison ne serait plus maintenant pour le seul enlèvement, mais pour homicide sans préméditation et je ne pourrais présenter aucun argument pour ma défense. Mon regard se porta alors sur le mur de glace devant moi. Je remarquai qu'au-dessus de la vieille couche de glace s'était formée une nouvelle épaisseur, une espèce de conglomérat de petits glaçons ridés se terminant en pointes. Je tendis la main vers cette paroi gelée où je voyais se refléter mon visage, déformé et flou, qu'un filet de sang coulant du front le long de la joue rendait encore plus horrible à voir. C'était un faciès hideux aux contours protubérants velus et aux yeux noirs enfoncés. Les maxillaires étaient larges comme ceux de l'homme de Neandertal, les sourcils épais et rebutants, les oreilles de travers et le nez, qui me faisait mal, était écrasé sur une joue de cette image défigurée. Je tendis la main pour tâter le phénomène, caresser légèrement l'image sur le mur de glace, souhaitant réconforter cet homme-éléphant et lui dire que tout irait bien. Que lui aussi avait le droit d'exister. Je m'efforçai de montrer de la compassion à ce visage. Celui-ci parla. Il énonça ces trois mots dont je me souviens, non pas avec dureté, mais avec détermination : Creuser plus profond. Creuser. Plus profond !

Cela suscita en moi une force colérique extraordinaire, car c'était une exhortation et j'appliquai toute cette énergie à repousser le scooter de manière à dégager ma jambe droite. L'effort me fit voir des étoiles et perdre conscience à nouveau.

•••

Lorsque je me réveillai, je jetai un regard au-delà du scooter, à l'extrémité de l'attelage. Tout au bout gisait quelque chose qui ressemblait à un tas inerte, étalé comme un sac de pommes de terre plutôt qu'une forme humaine. Il y avait une bosse sous la parka verte déchirée et je vis que la matrone criait en s'affairant au-dessus d'elle. Je me mis debout tant bien que mal, mais il m'était impossible de poser le pied droit sans voir des étincelles. Une douleur aiguë montait de la cheville.

Voyez ce que vous avez fait, espèce d'imbécile ! hurlait-elle tout en dégageant mon ami du harnais. Le visage ensanglanté, enflé et bleu. Le corps trempé et meurtri, d'une pâleur cadavérique. Une de ses jambes gisait dans une position bizarre, tournée vers l'extérieur comme la patte d'un cheval panard. Elle devait être cassée et la chaussure avait disparu ainsi que les deux skis. La matrone s'évertuait à le hisser sur sa motoneige ; haletante, elle poussait des soupirs de colère. Comme si elle se faisait plus de souci pour lui que je ne m'en faisais moi-même. Elle se dirigea vers mon scooter pour évaluer les dégâts. Je tâtai la carotide de mon ami et sentis le pouls, très faible mais des battements tout de même, semblait-il. Ou quoi ? Était-ce peut-être mon propre cœur ? Qu'est-ce que je t'ai fait, mon ami, marmonnai-je, pourquoi t'ai-je fait cela ? Comment ai-je pu me comporter ainsi envers toi, alors que je voulais prendre soin de toi, t'aider…

C'était étrange de le toucher. Il était paralysé à sa façon, pourtant je sentais de la force en lui, tout au fond. Il était fort et je savais qu'il fallait que je fasse resurgir cette force qu'il possédait. C'était mon seul espoir. Elle réussit à mettre mon scooter en marche et attacha le harnais au siège arrière, puis elle m'ordonna d'enfourcher l'engin et de reculer en même temps qu'elle sur le sien. Ce n'était pas impraticable car la descente jusqu'au mur de glace était en pente douce et de surface assez compacte. La matrone était forte et décidée, animée de cette volonté de vivre, que l'on ne rencontre qu'avant d'être sur le point de perdre la vie. Nous arrivâmes à remonter le scooter de la crevasse de cette façon ; je fis marche arrière comme si ma vie en dépendait. Cela réussit à la fin et je devais conduire derrière elle. Le guidon était de traviole ; j'arrimai le pare-brise en morceaux en l'attachant avec le harnais. Le moteur répondait mal, mais je parvins à crapahuter ainsi de l'avant.

Elle tenait mon ami serré contre elle, et ses gestes étaient précis. Elle ne voulait pas nous voir crever. Nul ne veut qu'on meure de nos jours – sauf intérieurement. Nous démarrâmes lentement et parvînmes étonnamment vite à la lisière du glacier, où se trouvaient les voitures.

Je parcourus le chemin depuis le scooter à l'arrêt jusqu'à la voiture en boitillant avec un bâton de ski du côté droit. Elle réussit à hisser mon ami dépressif sur le siège arrière de la mini-jeep, mit le moteur en marche et descendit avec nous le long de la piste cahoteuse jusqu'à la route nationale. Mon pied me faisait souffrir le martyre à chaque secousse due aux creux et aux bosses du chemin, car la façon de conduire de la matrone reflétait sa personnalité rugueuse. Un embranchement nous mena ensuite jusqu'à l'hôtel. Je me souviens de m'être retrouvé à quatre pattes à la porte du bâtiment, en proie au vertige qui s'était emparé de moi au moment de poser pied à terre. Je vomis sur le terre-plein, après quoi je ne me rappelle plus rien.

•••

Je me suis réveillé dans un lit d'hôpital avec un mal de tête à tout casser et une vive douleur à la jambe. J'appuyai sur le bouton rouge près du lit. L'infirmière brune aux cheveux noirs tressés en une natte impressionnante faisait penser à une Indienne. J'interrogeai Mlle Pocahontas qui m'informa que je me trouvais au dispensaire de Höfn í Hornafirði, qui s'intitulait désormais établissement de santé du Sud-Est.

J'avais eu de la chance, me dit-elle, car le seul médecin de la région spécialiste des fractures était de garde, sinon il aurait fallu me transporter en ambulance jusqu'à Reykjavík.

L'appellation médecin des fractures a une résonance plutôt sinistre, bougonnai-je et Pocahontas rit poliment avant de dire : Je apprendre islandais. Quand les contours commencèrent à se préciser, je vis que j'avais la jambe droite dans le plâtre de la cheville à mi-mollet. Je murmurai : Je ne veux pas que mon ami meure.

Elle dit : C'est bien vous aller mieux ! Puis elle m'informa que le médecin viendrait bientôt et que j'aurais alors une autre injection de morphine. Ce serait bien si je décrivais l'accident au docteur. Elle ajouta qu'il y avait manifestement une forte volonté en moi puisque j'avais parcouru une longue distance avec un pied cassé. J'avais également souffert d'une commotion cérébrale, j'avais la tête bien amochée et le nez cassé, dit-elle tout en secouant la couette avant de l'étaler sur moi à nouveau. C'était comme si sa sollicitude m'enveloppait et me protégeait à la fois. Elle me remplit de somnolence et je me rendormis. Lorsque je me réveillai ensuite, c'était une autre infirmière qui m'interpellait, suivie cette fois d'un médecin.

Je demandai s'il y avait moyen d'avoir un remède quelconque pour calmer la douleur, me plaignant d'un pénible mélange de nausée et de poussées brûlantes et douloureuses.

Humm, fit le docteur qui s'était avancé jusqu'au lit. D'âge mûr, il avait les cheveux clairsemés, la barbe grisonnante. Il remonta les lunettes sur son nez avec un sourire en coin : Moi qui croyais que vous aimiez souffrir.

Je regardai l'infirmière qui eut un sourire forcé, trouvant manifestement que le médecin dépassait les bornes. Elle le fixait avec étonnement, attendant la suite. Après avoir griffonné quelques mots sur la feuille de rapport, il ajouta : Vous n'avez que ce que vous méritez pour vos déplacements par ici. Vous prétendez vous être séparé du groupe et avoir emprunté un scooter des neiges, qu'on vous a confié avec la recommandation expresse d'éviter certaine zone dangereuse du glacier. C'est là que vous vous rendez directement, pour tomber dans une crevasse. Et à plein régime, à ce qu'il paraît.

Il me plaisait bien ; je sentais une certaine sollicitude percer sous son attitude discourtoise. Je le priai de m'excuser d'alourdir la charge du dispensaire local, et redemandai de la morphine ou autre chose pour apaiser la douleur. Il me sourit amicalement en ordonnant l'injection et je sentis une douce torpeur m'envahir. Un angelot charnu se posa sur l'édredon.

Puis il demanda à l'infirmière de nous laisser seuls un moment. Il devint alors plus chaleureux ; comme je l'avais pressenti, il cachait bien son jeu.

L'histoire que vous racontez m'a l'air un peu bizarre ; c'est comme s'il y manquait quelque chose. Les gens d'Excursions sur glacier vous ont vu circuler longtemps aux abords de la zone dangereuse avant de vous y engager directement, alors que la raison aurait dû vous dicter de tourner bride à la vue des premières crevasses. Il se peut que vous ayez eu peur, et c'est bien connu que la raison vous quitte alors. L'autre éventualité est que vous ayez eu l'intention de vous supprimer ? Si c'est le cas, je peux vous assurer qu'il y a des moyens bien plus soignés et plus avantageux économiquement parlant.

Son cynisme m'amusait avec sa sollicitude sous-jacente et je l'assurai qu'il n'en était rien, que j'avais envie de vivre. J'aimais la vie – vraiment. Les temps derniers avaient simplement été plutôt chaotiques, la vie pas tout à fait à la hauteur, peut-être une sorte de crise de la cinquantaine par-dessus le marché, je n'en savais rien, j'étais passé par un divorce difficile et je n'avais pu assurer mon travail pendant quelque temps, par manque de force et de concentration. Je n'étais de toute façon pas le plus raisonnable des hommes et me reconnaissais en tout cas ce tort.

Il m'assura comprendre ce que je voulais dire. Nous sommes à l'âge où nous nous réveillons soudain au milieu de tout le turbin en nous posant la question : C'est tout ? Sans obtenir de réponse claire et nette. Il décelait beaucoup de souffrance en moi, sans faire allusion à la fracture. Souvenez-vous, a-t-il ajouté, que la voie de sortie est souvent une entrée. Il m'a souri amicalement avant de disparaître comme s'il s'était évaporé, et je sombrai dans un sommeil profond.

•••

À mon réveil, il faisait sombre dans la chambre, un rideau dansait au courant d'air venu de la fenêtre. Je remarquai que l'appui était peint en rose. Il devait être tard. Le téléphone a sonné, c'était ma compagne. Elle me chapitra pour m'être séparé du groupe et être allé gambader comme un imbécile sur un scooter des neiges. Elle allait prendre le prochain car en partance pour l'Est du pays et nous ramener ensuite en ville. Je la priai d'attendre, je ne pouvais bouger sans morphine à présent et je n'étais pas beau à voir. Il me fallait un peu de repos. J'étais conscient d'avoir la voix pâteuse ; ma lèvre inférieure enflée à la suite du choc, là-haut sur le glacier, n'obéissait pas à la commande. On pouvait en dire autant de l'arcade sourcilière qui restreignait mon champ visuel. Je ressemble aussi à l'homme-éléphant, ajoutai-je, et tu me plaquerais si tu me voyais maintenant. Je savais que la seule raison pour laquelle elle n'était pas déjà partie me chercher était la maladie de sa mère. Elle me pria de réfléchir sérieusement au fait que, même si j'avais l'impression d'être seul, je ne l'étais pas. Je ne devais pas l'abandonner.

Il me semblait ressentir la présence de mon ami de manière lointaine et indistincte, comme on perçoit au loin la silhouette d'une connaissance, sans que rien de ce que l'on voit puisse le confirmer. Sa silhouette, là, dans le coin, m'apporta un soulagement analogue à celui qu'on éprouve au milieu de tout combat, quand on se rappelle soudain qu'il s'agit seulement d'exister. Ça n'a pas tout à fait réussi jusqu'ici, ça a plutôt foiré dans les grandes largeurs, mais on fournit quand même des efforts pour y parvenir.

Le visage de mon ami s'est illuminé à la lueur d'une allumette, tandis qu'assis dans le coin, il allumait une cigarette.

J'ai dit, étouffant en moi le soulagement de le voir sain et sauf : C'est un hôpital. C'est interdit de fumer ici.

Il avait bien meilleure mine que je n'avais osé l'espérer. Il avait même soigné sa barbe et la rougeur de ses joues trahissait la vie et l'émotion.

Je discernai dans son expression à la fois du sérieux et la douceur de la compassion. Je m'exprimai avec ma lèvre enflée tout en m'efforçant de me soulever sur un coude : Tu n'as jamais eu meilleure mine. Et moi qui pensais m'être définitivement débarrassé de toi.

Tu t'es comporté en être humain à mon égard une partie de la journée, ça a dû me faire du bien, dit-il, ajoutant que la façon dont je m'étais conduit en dernier lieu ne pouvait pas être indolore.

Certains prétendent que c'est un combat sans espoir, poursuivit-il. Les forces contre lesquelles les gens luttent sont immenses, le passé et le présent confondus en une bosse grise sur leur dos. Les gens sont en grande partie des bossus. Et tous croient être seuls à mener le combat, c'est pourquoi la plupart capitulent. Ils pensent que leur souffrance est une affaire privée et vont se recroqueviller dans un coin noir. Les dieux ont tué Gullveig* à trois reprises, mais elle s'est relevée chaque fois. C'est de la vieille histoire, même si Gullveig a changé de nom. Et elle est plus qu'un nom, plus que l'appât du gain, elle est la représentation d'une structure psychologique – *Gestalt*. C'est de la vieille histoire. Les dieux maintinrent Gullveig debout, dit l'ancienne prophétesse, ils la percèrent de tant de lances qu'elle ne put tomber. Et cela ne suffit pas. Il y a pourtant moyen d'entourer ce qui est humain pour le protéger.

Sur ces belles paroles, nous entendîmes des pas résonner dans le couloir. C'étaient des chaussures à semelles dures et leur bruit de claquettes avait quelque chose de féminin. Mon

---

* Déesse et magicienne, Gullveig incarne la cupidité. Elle renaît toujours des blessures mortelles qui lui sont infligées. Elle sera à l'origine de la guerre entre les dieux et préfigurera la fin du monde.

ami soupira et se tut. Il regardait fixement le sol au moment où la porte s'ouvrit pour livrer passage à l'implacable infirmière de Reykjavík que mon ami nommait la Mère Fouettard.

Elle se tenait sur le seuil, nous fixant à tour de rôle de ses yeux d'oiseau de proie, un sparadrap encore collé à la tempe. À la suite de coups d'œil prolongés, elle dit enfin :

J'espère que vous comprenez tous les deux que, tout ça, c'est fini ? *Game over*. Il va retourner en ville avec moi au service psychiatrique et vous serez soumis à une interdiction de visite illimitée. Le directeur de l'hôtel nous conduira demain matin jusqu'à la route nationale où nous prendrons le car pour la ville…

Hou hou hou… ! émit mon ami à voix basse, puis de plus en plus fort, tandis qu'elle parlait. Voulait-il suggérer qu'elle était une revenante ? Je ris un peu. Ensuite elle se tut et la chambre resta silencieuse. Se cambrant, elle nous toisa comme celle qui détient le pouvoir, avant de s'approcher de mon ami, l'air méprisant. Elle lui dit : Je vois que vous avez fumé ici. Ce sera signalé. C'est cette conduite irrationnelle que nous ne pouvons pas tolérer. Vous êtes malade. Vous et vos semblables devrez céder la place pour qu'une vie raisonnable puisse se développer. Vous et vos ombres chinoises qui n'avez rien à voir avec la réalité, vous ne faites qu'engendrer de la souffrance. Cet homme ne peut pas travailler à cause de vous ! s'exclama la mégère en me pointant du doigt.

OK, hé hé, fit mon ami dépressif. Nous ne sommes pas en train de parler du *jüdische Problem* cette fois-ci, mais du *irrational Problem*. Est-on en train de construire les chambres à gaz ?

La personne est un être de raison, rétorqua-t-elle aussitôt. C'est un être logique qui fait ce qu'il faut pour son bien. Le mieux pour votre ami est que vous le laissiez tranquille et que vous veniez avec moi…

Mon ami lui coupa la parole : On dirait que le vieux Platon est revenu à la mode, l'écrivain préféré de Hitler et de Staline. Oui, je vois cela clairement maintenant, ajouta-t-il, ce sont les arguments pour la suprématie mondiale de l'élite mercantile, le fait qu'*Homo economicus* soit un être doué de raison, tandis que les autres aspects de la personne n'ont pas droit de cité dans la République ? En même temps, tout le saint-frusquin est évalué à l'aune d'un seul et unique sentiment irrationnel et tout le système est un foutoir où une poignée de riches écrabouillent des millions de gens. Le foutu mensonge grec est mis au service d'un seul et unique sentiment : la cupidité ! La seule chose sur laquelle on peut tabler dans les théories de Platon est que les âmes des hommes se mueront en singes et en oiseaux après la mort. Tout le reste n'est que foutaise…

Silence ! cria-t-elle, déformant sa voix comme font les gosses qui taquinent les autres : Mensonge grec ! Platon ! Vous vous croyez si savant, vous avez lu tous ces livres qui font chic et connaissez tous les poncifs par cœur. Voulez-vous que je vous dise ce que vous êtes ? Vous n'êtes rien du tout ! Personne ne vous écoute ! Personne ne comprend votre blablabla !

Mon ami dépressif répondit : Vous avez fait rafistoler votre chatte ? Vous avez fait blanchir votre anus ?

J'étais choqué par cet échange et demandai à mon ami ce que signifiaient ces conneries, mais il poursuivait : Vous savez, pour que les grandes lèvres de la vulve fassent saillie à égalité et forment une harmonie grecque symétrique quand on les regarde de face…

Allez, ça suffit, dis-je à mon ami. Mais il se passa alors quelque chose d'étrange. Elle redressa la tête en arrière et dit : C'est tout à fait courant que les femmes se fassent faire ce genre d'opérations de nos jours.

Hein ? fis-je, stupéfait…

Mon ami saisit la balle au bond : Du botox ! C'est la raison pour laquelle vous ne souriez jamais. Vous avez les seins et la figure farcis de botox ou d'une espèce de silicone, pas vrai ? Donc vous ne pouvez plus sourire ! Vous avez le visage figé et inhumain ! Et pourquoi est-ce que les gens paient pour se faire dépouiller de leur sourire ? Voilà la situation : Vous êtes seule et tellement rebutante que vous le serez toujours. Personne ne sera choqué de voir les rides de votre visage – personne n'a d'ailleurs envie de le regarder. Ni vos seins… ni rien d'autre, ajouta-t-il à voix basse.

Elle se dirigea vers la porte, qu'elle verrouilla. À sa ceinture pendait quelque chose à quoi je n'avais pas prêté attention jusqu'ici. Ça ressemblait à un bouquet de brindilles qu'elle se mit à détacher de la boucle. La rage était dans ses yeux. Elle avança lentement vers mon ami et lui dit :

Maintenant vous allez répéter ce que je dis. Dites que vous êtes un individu et que tous les hommes sont vos adversaires. Que vous n'avez pas de frère et que vous n'avez pas d'ami. Répétez ! Un filet de bave jaillit de sa bouche tandis qu'elle pointait le faisceau de brindilles sur mon ami qui ne lui obéissait pas. Je ne pouvais rien faire car j'étais rivé au lit et assistais à tout cela avec effroi. Elle toucha la poitrine de mon ami de la pointe du bouquet et la décharge électrique qui le percuta le fit se tordre en gémissant. Je hurlai à la femme d'arrêter. Voulait-elle le tuer ? J'avais des doutes que ce fût une matraque légale.

Elle criait : Répétez ! Je suis un individu et tous sont mes adversaires. Elle redoubla sur lui de coups de matraque électrique, lui ordonnant de répéter :

Je n'ai ni frère ni ami et tous se fichent pas mal de moi.

Je n'ai ni frère ni ami et tous se fichent pas mal de moi.

Je suis un pauvre type dépressif qui loge à l'hosto.

Mon ami ne répéta pas la dernière phrase. Elle lui infligea une nouvelle décharge, là où il se tordait sur le sol. Il avait les yeux hagards pleins de terreur. Je m'escrimais sur la sonnette rouge. Il dit tout bas : Je suis un pauvre type dépressif…

Continuez ! hurla-t-elle : qui loge à l'hosto…

Je ne possède rien et donc je ne suis rien.

Je ne possède… ne suis rien…

Mes pensées et sentiments ne sont que fatras sans valeur, cria-t-elle, debout au-dessus de lui.

C'est là que j'intervins en appelant au secours dans le couloir. Je criai qu'elle ne pouvait pas nous faire cela. Elle se retourna alors, marcha droit sur moi et planta la matraque électrique en plein dans mon épaule ce qui me fit geler de l'intérieur ; j'eus la sensation que tous mes membres se paralysaient à la fois, et puis la douleur s'abattit sur moi. Quand je repris mes esprits, je sentis une vague odeur de brûlé s'échappant de la tache où elle m'avait piqué.

Elle poursuivait ses violences. Elle lui fit dire que le système était bien bon de s'occuper de minables comme lui, il ne devait jamais le critiquer. Elle lui fit promettre de s'en remettre aux élus qui assuraient la direction, qu'il ne pourrait rien changer, qu'il abandonnerait ces idées de solidarité et d'esprit d'équipe, qu'il cesserait cette masturbation sentimentale qui ne valait rien. Il ne devait plus penser au passé ni lire de vieux bouquins, il fallait qu'il soit comme les autres, ici et maintenant.

C'était irréel. Je me disais que ça ne pouvait pas être en train de se passer. Puis se fit jour en moi le fait que c'était en train de se passer.

C'est en train de se passer maintenant.

C'EST EN TRAIN DE SE PASSER MAINTENANT.

Elle ne voulait pas que mon ami puisse vivre et prospérer et je m'imaginai que c'était parce qu'elle ne comprenait pas son existence, qu'elle redoutait la profondeur de sa pensée, le fait qu'il savait comment les gens avaient pensé et s'étaient comportés il y a longtemps, son intelligence à voir les choses à une plus grande échelle, qui donnait un nouveau point de vue sur la dérive de notre époque. Mais ce qu'elle craignait le plus c'étaient les sentiments indéchiffrables qui animaient le cœur de mon ami.

Puis elle se rua sur la porte. Mon ami dépressif se releva péniblement.

Je vis qu'il avait honte. Ça faisait mal de voir à quel point il marquait le coup. Mais il faisait tout son possible pour conserver sa dignité. Je savais qu'il y avait une grande force en lui et une grande capacité de résistance. Il prit ma main et me sourit en coin. Je vis que c'était au prix d'un gros effort qu'il murmura qu'il ne fallait pas abandonner la partie. Nous devions lui échapper.

Je lui dis que j'aurais voulu être capable de lui raconter une belle histoire du soir après tout cela, pour qu'il puisse s'endormir. Je m'efforcerais d'user d'un langage doux, avec de riches métaphores qui réchauffent le cœur. L'histoire pourrait être celle d'une personne dans une situation difficile, qui réussit à triompher des épreuves grâce à ses dons, ou plutôt non, qui peut perdre la partie tout en menant un combat loyal qui révèle l'homme qu'il a en lui. Il pourrait bien être accusé par les autorités de l'époque de quelque méfait qu'il n'aurait pas commis, ce qui accumulerait en lui des sentiments qu'il ne pourrait confier à personne car il est tout seul, et je deviens tout seul avec lui, je souffre avec lui ! C'est inexplicable qu'on puisse compatir à un produit de l'imagination, et c'est pourtant le cas ! dis-je à mon ami dépressif, tout en sentant mes paupières s'alourdir. Nous ne sommes pas des êtres rationnels, car si nous l'étions, nous ne pourrions pas éprouver de la compassion pour l'imaginaire de quelqu'un d'autre, nous ne ferions qu'en rire, ou plutôt non, nous ne pourrions pas en rire non plus, nous sommes tous des enfants, mais cet homme-là, d'autrefois, la justice ne parvient jamais à niveler sa route et il ne perd pourtant pas sa foi, il croit en l'homme plutôt qu'en un système insensé où tous sont attrapés ; il y a quelque chose de grandiose dans son exemple où la vieille nature profonde fait surface dans un combat intègre. La réconciliation a lieu à la fin ; je pourrais essayer de te raconter une histoire comme ça avant de dormir…

Mon ami dépressif serra ma main. La sienne était chaude. Il me dit que je lui avais raconté l'histoire du soir. Il me souhaita bonne nuit et éteignit la lampe avant de sortir.

3

AUTO-STOPPEURS

Pendant la nuit, la présence de mon ami debout près du lit me réveilla. Il me dit de me lever en vitesse.

Il s'était procuré un fauteuil roulant et des béquilles. En m'aidant à sortir péniblement du lit, il précisa que l'expression se remettre sur pied, au singulier, serait particulièrement appropriée dans mon cas. Il fallait partir tout de suite, pendant que le gardien de nuit dormait. L'expression grave de son visage fit que je ne pus qu'obtempérer. Il me poussa dans le fauteuil roulant le long du couloir et quand nous arrivâmes à la voiture je vis qu'il avait pensé à tout. À l'avant, devant le siège du passager, une vieille caisse renversée, surmontée d'un rembourrage en mousse me servirait de repose-pied. Une fois installé dans la mini-jeep, avec coussins et couvertures, je me sentis étonnamment bien. Nous démarrâmes au lever du jour.

Et là où la simple raison aurait voulu que nous prenions la route de l'Ouest, pour rentrer chez nous par le plus court chemin après cette mésaventure, nous mîmes le cap à l'est. C'était le fruit d'un accord tacite entre nous ; nul dieu ne saurait rattraper celui qui choisit la route droite et sûre.

Je lui racontai le rêve du troubadour que j'avais fait. C'était au cours d'une réception avec des gens épouvantables. L'artiste s'était présenté et avait chanté comme un ange, mais tout le monde s'en fichait. Mon ami excellait à interpréter les rêves. Je lui exposai aussi exactement que possible tous les détails que l'on n'a pas remarqués, avant de décrire le rêve en paroles.

Il déclara n'avoir pas besoin de le déchiffrer. C'était une pure manifestation affective et pour des hommes comme moi, estropiés, recroquevillés et calcinés, les rêves étaient la seule voie laissée à l'âme pour se rappeler à eux.

Je le remerciai de ces propos encourageants et lui demandai s'il n'avait pas emporté de cravache pour m'en infliger quelques coups aussi. Il ricana.

Mon ami dépressif énonça : Telles que je vois les choses, le troubadour incarne un sentiment qui cherche à sortir, mais auquel tout le monde tourne le dos en le méprisant comme tel, tout en voulant malgré tout le percevoir quand il est anobli et qu'on en fait de l'art. Le troubadour est ce que les Anciens appelaient un géant ou un troll et ceux-ci, comme on sait, étaient indésirables parmi les hommes, même si nous en tirons des fables et des contes. Nous en sommes encore au même point que nos ancêtres. Les hommes veulent entendre les belles choses que le troll chante juste avant de tomber par terre. Et quand tu as nié le sentiment assez longtemps, il finit par cesser de se manifester, il se fane et il meurt. Tu n'en éprouves plus alors, ou plutôt : le sentiment n'habite plus en toi. Tu as éteint le feu sacré et la vie se met à tourner autour de plats délicieux, de vin et de bibelots décoratifs. C'est d'ailleurs une bonne image de la situation de l'art. Il me fit son sourire en coin.

Je sentis que mon ami dépressif avait changé et j'éprouvai du soulagement à voir qu'il avait malgré tout un petit sourire à mon intention – celui qui garde ne serait-ce que le sourire n'est jamais loin de la vérité. Le timbre de sa voix avait une autre tonalité qui exprimait une vision un tout petit peu plus réjouissante de l'existence. Il se mit à évoquer un souvenir qui faisait écho au sentiment du troubadour :

C'était à l'époque où je travaillais comme pêcheur sur un rafiot dans un petit fjord de l'Ouest. Ça faisait du bien de mettre son corps à l'épreuve de ce dur labeur, d'avoir des cals aux mains et de sentir la vigueur se propager à tous les membres au cours de l'été, après les études de l'hiver. Au moment où j'étais en train d'accoster, une petite fille avec des lunettes et des nattes s'est avancée avec sa mère sur le ponton. J'avais oublié de vider quelques poissons qui étaient dans le compartiment de côté et je pris un couteau pour terminer le boulot. Je jetai les boyaux par-dessus bord, ce qui attira aussitôt quelques mouettes du quai. C'est alors que la petite fille s'exclama avec un ravissement authentique : "Regarde, maman ! Les oiseaux raffolent des boyaux de poisson !"

Et j'étais là, debout dans le bateau, touché par la sensibilité de la petite fille. Je compris aussitôt que je n'aurais jamais pu dire une chose pareille moi-même parce que j'avais vu ce spectacle tant de fois – des mouettes engloutissant des entrailles – qu'il se déroulait sans susciter en moi la moindre émotion. Je me suis dit que cette petite fille était la poésie incarnée et que, sans elle, on ne verrait jamais rien. Si l'on pouvait seulement jouir de sa compagnie, ne serait-ce que de temps à autre dans la vie quotidienne, et observer ce qui se présente avec le même étonnement enfantin et, de la même façon, considérer les sentiments qui s'éveillent dans notre cœur, alors on serait vivant. Être poète, c'est être vivant. Celui qui est vivant a des sentiments. Et celui qui a des sentiments engrange des souvenirs.

Le plus étonnant, ajouta-t-il, c'est que la plupart des gens tournent le dos à cette réalité.

•••

Le temps était clair et doux quand nous entreprîmes de longer les côtes de l'Est en passant par les petits villages au fond des fjords profonds. Je ne lui demandai pas où nous allions, c'était lui qui décidait à présent. Il m'assura que je ne devais pas désespérer, il avait réussi à obtenir un peu de morphine pour moi au cas où ça irait mal, et une quantité de Subrefil. Le soleil matinal illuminait la cime des montagnes du côté terre, de l'autre côté, la mer miroitait par vent d'ouest ensoleillé. Ça faisait du bien d'être à nouveau libre et la lumière recelait une promesse.

Une fois sortis de l'un des villages, je perdis de vue l'endroit où nous nous trouvions précisément et, après avoir parcouru une courte distance, un petit garçon apparut debout au bord de la route, le pouce levé. Je trouvai cela fort étrange, il était bien trop jeune pour faire du stop tout seul, et c'était le milieu de la journée, quand les enfants sont censés être enfermés dans des institutions. L'idée m'effleura que j'étais peut-être encore en train de rêver. Mon ami dépressif arrêta la voiture, et lorsque le petit approcha en boitant, je vis dans le rétroviseur latéral qu'il n'avait qu'une seule botte.

J'abaissai la vitre et lui demandai : Où vas-tu ? Il répondit "là-bas" en pointant au-devant de la route. Ah oui, je l'ai déjà entendue, celle-là. Et tu arrives bien entendu de là-bas, dis-je en pointant derrière moi.

C'est tout à fait vrai ! dit le gamin avec un étonnement sincère. Il ne devait pas avoir plus de cinq ans. Mon ami dépressif descendit de la voiture, ouvrit la portière à l'arrière et aida le petit à mettre la ceinture de sécurité. Il émanait de ce petiot quelque chose de familier que je n'arrivais pas à identifier. Je lui demandai où il habitait. Il ne répondit pas. Tu es sacrément bavard, fis-je avant de lui demander pourquoi il n'avait qu'une seule botte.

Je me suis sauvé de l'école, dit-il à voix basse.

Il faut le reconduire immédiatement ! ordonnai-je à mon ami dépressif, mais celui-ci poursuivit sa route comme si de rien n'était. Tant de choses bizarres m'étaient arrivées ces derniers temps que j'avais du mal à penser clairement, il y avait pourtant là quelque chose qui ne tournait pas rond. Mon ami dépressif semblait inébranlable. Je posai les mains sur le volant et hurlai : Arrête, mais il m'écarta du bras. Mes protestations s'atténuèrent peu à peu. Je lui demandai : Mais qu'est-ce qui se passe, nom d'un chien ? Je pense qu'on ira en taule pour rapt d'enfant. Tu fonces avec moi en plein dans la mélasse. Mon ami dépressif répliqua en ricanant qu'il avait emporté de la morphine justement pour ça. Nous restâmes tous les trois silencieux pendant un moment. J'essayai de mieux disposer ma jambe. Une belle et pure clarté tombait sur la route en lacets que nous suivions en montant sur le plateau. Le petit garçon se mit à parler :

Je n'ai qu'une seule botte parce que, la maîtresse, elle s'est cramponnée à ma jambe quand j'étais en haut de la palissade. J'ai essayé de lui donner un coup de pied de l'autre jambe ; la palissade était haute, avec des planches, et elle s'accrochait très fort à ma botte. Je ne voulais pas rester là, je veux être libre, j'ai eu très peur parce que je me suis senti enfermé et je ne veux pas qu'on m'enferme. C'était mon premier jour à l'école maternelle. J'ai toujours refusé d'y aller, mais on m'y a envoyé de force. Je veux être libre comme les chevaux qui s'échappent toujours de l'enclos dans les prés et qui viennent quelquefois dans notre jardin ; ils respirent la joie de la liberté, ça se voit. Alors je me dis : C'est comme ça que je veux être, au moins quelquefois, et puis elle a serré sa prise sur la botte en criant : Tout va bien !

Je me suis dit : "Alors pourquoi est-ce que tu ne lâches pas ma botte ?" Je ne voulais pas la laisser m'attraper, j'ai donné un bon coup de pied en arrière et ça l'a fait crier, les autres bonnes femmes de l'école sont accourues et j'ai vu leurs grosses poitrines ballotter quand elles se précipitaient vers nous et j'ai senti leur émotion, que je partage, comprenant enfin qu'elles sont des êtres humains qui font leur devoir et pas seulement des gardes-chiourmes. Mais il était trop tard pour revenir en arrière, j'avais passé une jambe par-dessus la clôture et je n'allais pas me rendre. J'ai pensé : "Vous n'arriverez jamais à m'enfermer. Ça m'est égal si ça marche pour les autres, mais ça ne marche pas pour moi. Je dois donc être un solitaire qui ne s'intégrera jamais au groupe, c'est comme ça, un point c'est tout."

Et j'ai donné un coup de pied de toutes mes forces, mais elle tenait ma botte si serrée qu'elle s'est détachée de moi quand je me suis laissé glisser de l'autre côté et c'est un homme libre qui tombe, je suis tombé, en salopette verte, les cheveux au vent, je suis tombé en faisant de petits cercles avec les bras, ce sont mes ailes sans plumes, un solitaire libre plane dans sa chute, je suis un oiseau et je pense en tombant : C'est drôlement chouette, je suis vivant et je tombe, *je suis dans la chute*, et je pense beaucoup de choses pendant cette chute : comment les bonnes femmes en viennent à redouter que je me fasse mal et comment je n'ai pas l'intention de me faire mal, mais de me relever en vitesse et de m'esquiver au moment précis où elles auront le plus peur et comment elles seront soulagées de me voir me sauver sain et sauf. Je regarde les pierres de la route venir à moi, les pierres sont mes amies, elles ne disent jamais rien mais écoutent d'autant mieux. La chute, c'est un sacré choc, mais je saute sur mes pieds et je me force à endurer le mal que j'ai au genou, j'essaie d'éviter les flaques et j'ai un plan pour m'en sortir, la terre est à peu près sèche et j'ai de bonnes chaussettes en laine, ça va aller avec une seule botte parce que je suis libre. J'ai traversé en courant la cour derrière la boutique, tout près du jardin de la vieille bonne femme, où l'on peut se cacher derrière des arbustes qui sont si touffus qu'on ne peut même pas y enfoncer la main. C'est là, derrière les épais buissons que je me suis caché dans le coin intérieur, couché en chien de fusil, immobile et le cœur battant quand elles arrivent et m'appellent, et quand j'ai compris qu'elles m'avaient perdu de vue et s'en allaient dans la mauvaise direction, j'ai su qu'elles ne me rattraperaient jamais et que je ne retournerais jamais dans leur prison. C'est ainsi que je me suis échappé et c'est pour cela que je n'ai qu'une seule botte.

•••

Mon ami dépressif et moi avons échangé un regard sans dire un mot. Et puis j'ai dit en soupirant qu'il savait drôlement bien s'exprimer, ce petiot-là.

La seule vraie répétition est celle qui a lieu dans l'esprit, comme disait le bonhomme, déclara mon ami dépressif. Et il me semble, ajouta-t-il, que tu n'as toujours qu'une seule botte. Il me regarda brièvement dans les yeux. Sourire en coin.

•••

Nous avons roulé par monts et par vaux incultes. Des côtes désertes où l'élyme des sables poussait sur les dunes et ondulait au vent d'ouest sous le soleil, nous avons suivi la route bosselée du littoral où nul n'habite plus et où nul n'a jamais habité, et j'ai succombé à cet état de rêverie qui m'envahit toujours en pareils endroits. Plus tard dans la journée ma jambe a commencé à me faire mal. Nous avons fait halte près d'une cascade et mon ami a sorti une seringue ainsi qu'une petite fiole à bouchon de caoutchouc pour me faire une piqûre dans le derrière avec ces mots : Grand bien te fasse. Tu sais t'y prendre, lui dis-je. Il déclara alors avoir des compétences dans divers domaines, même si je n'y avais guère prêté attention.

Après l'injection de morphine, je me fichai totalement de savoir où on allait. Le pays ouvrit son cœur, l'herbe brune devint verte et les rayons du soleil se firent tangibles. Je somnolais, il pouvait tout aussi bien faire route vers la pointe lointaine de Langanes ; ce fut ma dernière pensée avant de m'endormir sur le siège avant. Je me réveillai à la vue de bois flotté échoué sur le rivage et de fermes espacées et abandonnées. Où sommes-nous ? Mon ami dépressif ne répondit pas mais pointa du doigt au-devant de nous un petit être humain qui semblait se tenir sur le bord de la route dans le lointain. Quelque chose de coloré s'agitait au-dessus de la tête du personnage et, en approchant, nous vîmes que c'était un garçon tenant à la main des ballons gonflables multicolores. Je devais être encore en train de rêver.

Nous ralentîmes pour lui demander par la fenêtre où il allait.

Il nous dit qu'il rentrait chez lui. Une paix extraordinaire régnait sur lui. Il devait avoir neuf ou dix ans. Il émanait de lui une gravité chaleureuse que je trouvai exceptionnelle de la part d'un être si jeune. Et pourtant, me dis-je, lorsqu'il se glissa dans la voiture, celui-là n'a pas été réduit à néant. Pas encore.

Pourquoi as-tu des ballons ? l'interrogeai-je. Il dit qu'il revenait d'un anniversaire et quand je lui demandai comment la fête s'était passée, il répondit après un long silence qu'en fait, il avait oublié.

Comment peut-on oublier tout un anniversaire ? demanda le petit à la botte unique avec un étonnement sincère. Tu comprendras ça plus tard, dit l'autre avec autorité, comme s'il s'adressait à son petit frère. Il avait tout oublié, sauf une chose. C'était une invitée qui était sa tante, arrivée tardivement à la fête. Elle s'était dirigée vers lui, l'avait serré dans ses bras et lui avait souhaité un heureux et grand anniversaire.

Le garçon avait une voix claire et assurée, dont le timbre était à la fois jeune et vieux. Je comprends que cela paraisse surprenant, dit-il, d'avoir tout oublié de mon anniversaire sauf l'étreinte de ma tante, mais les voies de la mémoire sont fantastiques. On ne discerne l'important que beaucoup plus tard. Il poursuivit :

Ma tante avait des mains de lumière chaudes qui m'ont enlacé et elles étaient si douces que le bien-être m'a envahi tout entier. Son sourire était chaleureux et sa voix était douce quand elle m'a souhaité un heureux anniversaire. Je me souviens qu'elle a dit un grand anniversaire, c'est pourquoi ce doit être celui de mes dix ans. Le message est pur et profond, il m'enveloppe, ses mains de lumière disaient : Je veux que tu vives et que tu t'épanouisses. Je recherche cette chaleur. Je veux la trouver.

Je lui ai dit qu'à mon avis, il pourrait aussi bien chercher de la chaleur ici à Langanes, la froide pointe nord-est du pays, que n'importe où ailleurs…

Le petiot à la botte m'a coupé la parole, fâché, disant que je n'avais pas besoin d'exprimer tout haut des pensées aussi minables ! Où était-elle, *ma* chaleur ?

Il a raison, dit mon ami dépressif. Le cynisme est un effet de style excellent pour transmettre la pensée, mais comme façon de vivre, c'est une maladie. Le fait que tu sois cynique à l'égard d'un garçon qui parle de chaleur humaine montre à quel point tu vas mal. Tu es devenu indifférent au sacré. J'espère que tu laisseras ton cœur s'adoucir en pensant au chemin parcouru, car la tante en question n'est sûrement pas la seule à répandre la lumière parmi les hommes. Tu as toujours désiré ces mains de lumière et tu les as toujours recherchées. C'est pourquoi tu as souhaité approcher les gens âgés dans les fermes et c'est pourquoi tu es tout le temps à vadrouiller dans les campagnes peu peuplées, car c'est là qu'on peut trouver les derniers tisons de chaleur humaine. Des gens qui te regardent dans les yeux avec amitié et curiosité et qui ne te toisent pas du regard ni se dressent face à toi en adversaires. C'est pourquoi tu t'es trouvé un métier loin du foyer d'ébullition de la vie professionnelle, c'est pourquoi tu écris sur les linaigrettes des marais et sur les vieux paysans. Tu crois que les gens étaient plus chaleureux autrefois, mais la notion selon laquelle la chaleur humaine ne serait qu'une entrave d'un autre âge signalerait que tu ne vis pas avec ton temps, elle a commencé à s'insinuer dans ton système nerveux. Nous parlons de la destruction palpable opérée par tous les démons.

La prochaine phase de leur message sera que la chaleur humaine n'a jamais existé. Et tu es le mieux placé pour savoir néanmoins que si l'on se trouve dans des conditions totalement dépourvues de chaleur, on dépérit, sans apprendre rien de neuf. Rien ne pousse dans le froid.

Le garçon aux ballons prit la parole : C'est la chaleur humaine. La bonne chaleur humaine. Ne peut-on la trouver chez une tante à qui l'on rend parfois visite le dimanche, dans une ferme chez des gens âgés ou chez un vieux capitaine qui se revoit en vous ? On souhaite rester entre leurs bras, mais on a tôt fait de grandir. Les gens cessent d'étreindre les jeunes, qui en ont pourtant le plus besoin. La seule chose qui reste est l'aspiration à cette étreinte où se trouve la consolation ; cette étreinte soutient la vie, elle ne te pèse ni te juge à la manière d'un quelconque saint Michel archange avec sa balance. Une personne chaleureuse guérit les autres, sa force est supérieure à celle des idées fausses qui ont commencé à planter leurs crocs dans ton système nerveux ; la force de son rayonnement disperse tout cela. Une personne chaleureuse soulève les pierres de l'homme avec ses grandes mains chaudes et fait fuir cafards, mille-pattes et salamandres rougeoyantes.

Mon ami dépressif se déclara totalement du même avis, ajoutant que, sans le refuge de la chaleur, il n'y aurait jamais de beaux-arts. Ce qui est merveilleux avec la chaleur humaine, c'est qu'on la rencontre le plus souvent là où l'on s'y attend le moins, et rarement là où elle devrait être. Où trouver des personnes douées d'une telle force et puissance de vie dépend du plus grand des hasards. Ce sont des gens dont la compassion prend racine dans un sens profond de la justice à l'égard de la vie. La chaleur est purement et simplement un sens profond de la justice. Ces personnes ne se manifestent souvent que l'espace de quelques instants, mais on les garde au fond de son cœur.

On ne peut pas fabriquer de la chaleur humaine, en dépit du besoin pressant qu'on en a, et en dépit de la réduction considérable des dépenses qu'elle permettrait à l'État et aux communes. Évaluer quelqu'un pour déterminer s'il mérite ou non de la chaleur, ce n'est pas de la chaleur humaine, et cette froide arithmétique est inscrite dans notre perception et dans notre schéma d'interprétation. Elle est instituée en système dans les religions d'où le capitalisme l'a adoptée et de là dans toute la machinerie économique de la société humaine. Or c'est justement là que dépérit et meurt la chaleur humaine, car son royaume est d'un autre monde.

Exactement ! dis-je, et l'on en est arrivé maintenant à ce que plus personne n'éprouve de compassion pour la créature bien qu'elle soit innée, car avec la chaleur tu es perdant. Le point de départ du système économique est incompatible avec la chaleur humaine et celui qui veut vivre conformément à un sens profond de la justice a vite fait de faire faillite. Je ne suis pas sûr que ce soit encore en phase avec la réalité que de rêver à cette chaleur dans la société humaine ; les gens n'ont peut-être jamais été chaleureux ni bons les uns envers les autres. J'avoue que je commence à trouver cela vieux jeu. Ne devrait-on pas éventuellement se contenter de ses proches, comme font les Américains – il semble que, là-bas, toutes les personnes sont bonnes pour le froid, sauf celles qui appartiennent à la *"family"*.

Tu n'as rien compris ! Mon ami dépressif donna libre cours à de l'agacement accumulé : La chaleur humaine n'a ni force de loi ni tribunal. Il n'y a pas de refuge pour celui qui se trouve dans le froid absolu du manque de chaleur humaine. Les hommes ont établi lois et châtiments pour les conséquences du froid, tandis que la chaleur doit être un sens datant de millions d'années. Et l'on ne devrait pas en parler avec irrévérence si l'on en a eu l'intime connaissance – nous avons ici un exemple de la friction interne que le temps a introduit dans la *créature.*

J'ai dit que tout cela était, somme toute, une conversation intéressante, mais que je n'y pouvais rien si, sans être vieux à proprement parler, je trouvais que les gens froids dominaient une partie du monde de plus en plus grande et que la mode était…

Je ne pus finir ma phrase, sentant qu'on me passait quelque chose autour du cou et qu'on serrait. C'était la ficelle du garçon aux ballons assis derrière moi, qui tirait dessus méchamment, au point de m'empêcher de respirer et je percevais vaguement dans ma détresse que mon ami dépressif n'y prêtait aucune attention ; il regardait droit devant lui comme si cela lui était égal. Quand je fus sur le point de m'évanouir faute de retrouver mon souffle, il dit tout bas : Vaut p't-êt' mieux ne pas l'tuer complètement.

Mais il est tellement nul et méchant ! Il est devenu moche de l'intérieur ! dit le petit à la botte avec des pleurs dans la voix. Il éprouvait un vrai chagrin et ne pouvait cacher sa déception.

Fils de pute sans cœur ! me cria le garçon aux ballons. C'était à croire que les gamins derrière me détestaient tous les deux, oui, tous dans la voiture semblaient ne pas pouvoir me sentir. Quand j'ai commencé à voir des étoiles, sur le point de succomber, j'ai enfin senti la ficelle se relâcher et j'ai pu reprendre mon souffle, à grand renfort d'inspirations, de toux et de soupirs.

Je vous demande pardon, marmonnai-je en soupirant. Pas facile d'être une personne, je regrette de vous avoir déçus.

Au moment où nous longions la côte déserte en direction de la pointe et alors que j'avais retrouvé une respiration plus aisée, il a fallu absolument que le moteur cale, et la voiture a ralenti doucement avant de s'arrêter au bord de la route.

Le moteur a refusé de se remettre en marche. Malgré les tentatives de mon ami pour le faire redémarrer, il n'a plus donné signe de vie, bien qu'il y eût assez d'essence et que tout parût OK au conducteur quand il regarda sous le capot. Le moteur ne fumait pas, il y avait assez d'huile d'après la jauge et les culots des bougies étaient bien fixés. Étrange, a dit mon ami après en avoir dévissé une et m'avoir demandé de démarrer. Il n'y avait presque pas d'étincelles. Il pouvait y avoir quelque chose dans le circuit électrique, pensait-il, et je perçus l'infime tremblement de sa voix. Il se faisait du souci.

Je compris alors que la situation était grave. Nous n'avions pas vu une seule voiture depuis que nous avions quitté la route nationale pour nous engager sur cette voie de garage de la vie, vers la pointe de Langanes. Il ne serait pas facile d'atteindre la prochaine zone habitée avec ma cheville plâtrée. Mon portable était mort et j'avais oublié d'emporter le cordon pour le recharger. Les provisions touchaient à leur fin, la bouteille thermos était à moitié vide, mais il y avait assez d'antalgiques pour vous rendre insouciant.

J'en pris une bonne dose.

•••

C'était un de ces moments de la vie où la situation est si grave que toute idée d'abandonner s'évanouit. Ces moments où l'on est humble et résilient en se disant qu'on finira bien par avoir une idée. Cela confirme une fois de plus que la vie est sacrément coriace.

À l'instant même où je pense cela, assis dans la mini-jeep, je perçois un bruit de moteur dans le lointain. Un coup d'œil au rétroviseur latéral, et j'y vois se rapprocher un petit véhicule bas. Ce n'est en réalité qu'un point noir minuscule suivi d'un nuage de poussière. Cela ne pouvait pas être une moto car le conducteur était quasiment assis sur la route, et ce n'était pas une voiture non plus, du moins pas au sens habituel du terme. Les deux passagers derrière moi poussèrent un cri de joie quand ils l'aperçurent et je sentis l'allégresse et la chaleur se propager de mon cœur à mes membres, tout en m'extirpant de la voiture à la suite des autres, qui se tenaient déjà sur les gravillons de l'accotement, les yeux écarquillés sur la merveille qui approchait.

Le véhicule mit du temps à arriver et nous éprouvâmes longuement l'impatience de savoir de quoi il s'agissait. Le garçon qui conduisait l'engin portait d'antiques lunettes d'aviateur, un bonnet de cuir brun et un foulard de soie blanche flottant autour de son cou. Il pouvait avoir douze ans. Lorsqu'il fut parvenu à notre hauteur, il mit un pied à terre pour freiner, descendit et déconnecta les bougies du moteur pour l'arrêter. Il déclara n'avoir pas encore fabriqué les freins, mais que c'était en cours. Il sourit et remonta les lunettes sur son front.

C'est quoi, que tu conduis là ? demanda l'un des nôtres du bord de la route. Je réprimai un rire intérieur, car le conducteur aurait pu croire que je me moquais de lui, or ce n'était pas du tout le cas.

Eh ben, une bagnole, répondit-il. Ça ne se voit pas ?

Incroyable que tu puisses rouler là-dessus !

Ça m'a tout l'air de marcher mieux que chez vous, répliqua-t-il du tac au tac.

Il apparut qu'il avait mis au point cette voiture lui-même. Si j'essaie de la décrire sommairement, elle était composée d'une plaque de contreplaqué assez épaisse et de planches non rabotées de douze centimètres de large, une en longueur au milieu du châssis, traversée par deux autres pour les pneus avant et arrière. Le moteur provenait d'une sorte de tondeuse avec un disque au bout, relié par une courroie à un autre grand disque soudé à l'intérieur de la jante. L'élément de génie était que le moteur était boulonné sur une plaque montée sur des gonds, et partant de la plaque une tige métallique permettait d'embrayer et de débrayer en soulevant le moteur et en le rabaissant. Il y avait derrière tout cela une ingénierie simple et primaire et c'était impressionnant de voir qu'elle fonctionnait si bien.

Il nous demanda où nous allions et nous lui dîmes ce qu'il en était, que notre voiture avait rendu l'âme et qu'il nous fallait rejoindre une zone habitée pour trouver de l'aide.

Je vais vous y conduire, dit-il.

Tu n'es pas sérieux ?! fis-je. Tu crois qu'un tacot comme ça peut nous transporter tous ?

Il suffit de vouloir, répondit-il, s'évertuant aussitôt à mettre le moteur en marche. Nous nous installâmes de telle sorte qu'avec mes béquilles et un coussin sous mon plâtre, je m'allongeai d'un côté du jeune conducteur et mon ami dépressif de l'autre, dans le sens de la longueur, et les garçons s'assirent derrière, relevant les pieds après nous avoir poussés au départ. Lorsque le chauffeur tendit prudemment la courroie, un ululement se fit entendre et de la fumée bleue s'échappa de toutes parts. Il nous cria, à travers les émanations et le bruit perçant, que c'était comme ça seulement au départ – pendant qu'il accélérait. Et cela réussit, il atteignit peu à peu la vitesse voulue et la courroie se tendit.

Nous suivîmes la route. C'était comparable au fait d'être resté longtemps bloqué au sein d'une pensée idiote et d'entrevoir soudain la sortie, comme remettre à flot une histoire échouée après une nuit blanche, comme être soulagé d'un grand poids. Je vis mon ami dépressif esquisser son sourire en coin, il était là à son affaire et les garçons derrière nous riaient et gloussaient entre eux, trouvant ce moyen de transport bien plus marrant que la voiture. La bonne entente était revenue entre mon ami dépressif et moi, et entre le gamin qui voulait être libre et celui qui cherchait de la chaleur. C'était ce jeune garçon entreprenant qui nous avait réunis. Le soleil brillait sur la route sèche tandis qu'une douce brise des montagnes chassait le nuage de poussière derrière le véhicule et faisait poétiquement voltiger le foulard de soie blanche du conducteur. Il se peut qu'il soit néfaste de mettre des enfants au monde. Nuisible d'être une personne. Il se peut que ce soit mauvais de mourir. Mais tout cela est aboli à des moments de grâce comme celui où nous, les compagnons, avons roulé le long de la route. De tels moments sont ce qu'il y a de plus précieux à engranger. Et qu'advient-il alors de toute la souffrance, si l'on a un petit souvenir d'un tel moment ? Elle n'est plus rien du tout, un simple courant d'air à la fenêtre près d'un visage rayonnant.

Des images surgirent dans ma tête, provoquées par l'odeur de fumée de la courroie de caoutchouc détendue, et je vis une file de gosses courir derrière, riant et criant, car celui qui était au volant avait vaincu la lenteur de l'enfance, était tout à la fois le lion sur la route et le roi des animaux. Est-ce là que j'ai compris que le monde n'*est* pas seulement, mais peut aussi *devenir* ce qui vous vient à l'esprit ?

J'eus l'impression de planer en voyant la joie briller sur le visage de mes compagnons de voyage tandis que nous roulions à bord de cette carriole en bois motorisée. L'écharpe de soie voltigeait et caressait doucement mon visage, sensation comparable à ce qu'on éprouve quand on a tout oublié dans la joie de la créativité, la seule vraie rétribution de celui qui crée et l'on ne pourra jamais en demander plus à la vie. Je suis content, et l'on ne doit pas être loin de la prochaine maison habitée. Toute la région ne peut pas s'être désertifiée, il doit rester quelques hommes pour faucher les prés des fermes abandonnées, mais je ne vois devant nous que des parois rocheuses le long de la route, sur fond de gros nuages sombres.

La crainte me serra le cœur et la certitude m'envahit que notre joyeuse équipée allait bientôt toucher à sa fin.

Le jeune conducteur fit lever le moteur pour débrayer lorsque nous approchâmes et me demanda de mettre le pied à terre pour freiner, ajoutant en souriant que j'avais exactement ce qu'il fallait pour ça. Je sortis mon pied plâtré mais ne pus lui rendre son sourire. Il ne comprenait pas ce qui nous attendait. Je me retournai vers le plus jeune assis derrière, saisis ses mains que je serrai, je pris leurs mains à tous les deux, les regardai dans les yeux et leur dis que tout irait bien. Qu'ils devaient me faire confiance.

La femme semblait avoir été embusquée derrière les falaises ; elle apparut comme si elle en sortait, droite, vêtue d'une robe noire à fleurs, les lèvres serrées, les yeux fixes et méprisants. Le jeune conducteur arrêta le moteur et dit avec entrain : Hello, hello !

Elle répliqua sèchement que ce n'était pas une façon de saluer les gens et qu'il lui faudrait apprendre les bonnes manières.

Elle portait une ceinture à la taille d'où pendait le faisceau de brindilles avec, bien entendu, la matraque au milieu.

Et qu'est-ce que vous croyez être en train de faire ? demanda-t-elle. Le jeune chauffeur répondit de sa voix claire de garçonnet qui contrastait nettement avec celle de la femme : Nous allons au village.

Impossible ! Il n'y a pas de village par ici ! s'écria-t-elle en tournant autour de nous. Elle se baissa et parcourut le véhicule des yeux avec une sorte de dégoût dans son regard inquisiteur : L'engin va craquer sous votre poids, vous êtes beaucoup trop lourds.

Le conducteur objecta que ç'avait bien marché jusque-là.

La courroie ne tiendra pas le coup avec tout ce poids, tu ne vois pas qu'elle est tellement usée qu'elle est sur le point de craquer et qu'est-ce que tu feras alors ?

Je remarquai à ce moment-là qu'elle avait encore le sparadrap à la tempe depuis le tonneau de sa voiture. Elle avait de petits pieds et portait des chaussures noires laquées à bouts pointus comme si le doigt de pied le plus long était au milieu. Par-dessus il y avait une plaque brillante qui devait être en acier.

La courroie se détend d'abord un peu, répondit la voix claire du garçon, et puis elle s'accroche, ce qui fait que tout démarre bien, à condition de pousser un peu la voiture.

Ce n'est qu'une foutue comédie ! Tu m'entends ! Puis elle dégagea le faisceau de verges de sa ceinture, tu m'entends ! Ce n'est qu'un misérable appel à l'aide et de l'égoïsme pur et simple. C'est impossible. C'EST IMPOSSIBLE PARCE QUE CE N'EST PAS LA RÉALITÉ ! vociféra-t-elle en pointant vers nous son bouquet. Nous étions les seuls, mon ami dépressif et moi, à savoir quel engin était caché dans le faisceau de verges, et je souhaitais ardemment qu'elle épargnât les enfants.

Le jeune conducteur répondit aussitôt. Il était si fier et si ferme que je fus ému quand il rétorqua en vrai héros : C'est faux, ce que vous dites. Ceci est la seule vraie réalité !

La matrone se dégonfla et en resta coite, puis elle bégaya, n'ayant pas l'habitude d'être contredite ; ses lèvres remuèrent mais pas un mot n'en sortit. Puis sa colère s'intensifia et elle brandit la touffe de brindilles dont l'extrémité siffla en frôlant le gravier près de la voiture, soulevant un petit nuage de poussière. Elle se mit à miauler comme un matou enroué. Ceux qui étaient assis à l'arrière s'étaient mis à pleurer malgré leurs efforts pour retenir les larmes. Elle finit par frapper le jeune conducteur au visage de son faisceau de verges et il en eut la joue toute rouge.

Aïe ! Ça fait mal ! Il porta la main à sa joue. Il était à la fois apeuré et furieux. Il me regarda et demanda : Qui est donc cette bonne femme ?

Je ne sais pas, soupirai-je, la gorge serrée.

Le jeune conducteur se redressa, mit le moteur en marche et il y avait de l'angoisse dans sa voix quand il demanda aux garçons de pousser. Il faut foutre le camp, cria-t-il et les gamins s'exécutèrent. Celui aux ballons dit à mi-voix qu'il ne fallait pas capituler.

Sa faible voix pénétra dans la chair. Et au moment où nous étions sur le point de prendre de la vitesse, voilà que la courroie se rompt, je l'entends claquer, je sens que je m'abaisse et que la plateforme gratte le sol, faisant voler les gravillons. La carriole ralentit et s'arrêta. Le moteur aussi. Je mis un pied flageolant à terre et me hissai sur les béquilles pour continuer la route en boitant, mais après une courte distance, j'étais à bout de forces. Le vent s'était mis à souffler de face et la pluie à tomber. Je m'assis derrière un rocher au bord de la route pour m'abriter du vent. La matrone contourna le rocher, la tête haute et la main sur son faisceau de verges.

•••

Holà, holà, vous m'entendez ?

Je me suis réveillé à la vue du visage amical et étonné d'une femme qui me regardait. Elle s'était baissée à mon niveau et avait la main sur mon épaule, qu'elle avait secouée avec précaution. Je lus dans son regard l'inquiétude que lui causait ce qu'elle avait sous les yeux. Elle entreprit de m'aider à remonter avec mes béquilles vers sa voiture. J'étais très raide et ma jambe me faisait souffrir plus que jamais.

Cela m'a fait du bien de pénétrer dans la chaleur de son véhicule. J'avais les mains douloureuses et rouges de froid. Elle me demanda si c'était mon auto qui était derrière, au bord de la route. Ce ne fut qu'alors que je me mis à trembler et, avec ma lèvre enflée de surcroît, j'avais du mal à parler mais je réussis à bredouiller que j'avais oublié mes médicaments antidouleur dans ma voiture.

Je décelai que la femme était méfiante à l'égard de ce voyageur plâtré. Elle me dit que j'avais beaucoup de chance car il y avait peu de circulation à ce moment de l'année, qu'elle avait l'habitude de passer bien plus tôt, mais que ce jour-là justement le courrier venant de la capitale avait eu du retard. Cela avait peut-être évité le pire, signifiant que cela m'avait sauvé la vie, mais cela aurait été de trop de le dire. On avait affaire ici à la courtoisie de la campagne sous son meilleur jour.

Après un petit bout de route, nous arrivâmes au fauteuil roulant, renversé sur l'accotement, le pneu droit déjanté. Je demandai à la femme de l'embarquer.

Vous êtes costaud d'être arrivé jusque-là en fauteuil roulant, et sur une route de terre pleine de trous en plus ! Je confirmai à travers mes frissons de froid que la route s'était beaucoup détériorée à cet endroit et que j'avais eu les bras raidis à force de me pousser, par ailleurs ç'avait été un amusant parcours de montagnes russes, le temps que ç'avait duré. Elle avait sauté dehors avant que j'aie fini ma phrase. En revenant, elle me regarda d'un air interrogateur, comme si elle attendait une explication de la part de ce drôle d'oiseau qu'elle avait trouvé. À croire que cette rencontre commençait à lui peser sérieusement.

Je ne sais pas à quoi je pensais, marmonnai-je, tourné vers la côte de la mer écumante. Je m'efforçais de ne pas soupirer car ma jambe se plaignait douloureusement de ce voyage.

Elle me regarda : Êtes-vous sûr d'avoir été en train de penser ?

D'où venez-vous ?

De Höfn í Hornafirði.

Où allez-vous ?

Dans un fjord de l'Ouest.

Elle soupira et regarda la route droit devant elle, sans rien dire pendant un long moment. Il y a quelque chose qui cloche avec vous, mon bonhomme. Dans l'état où vous êtes, vous ne devriez probablement pas voyager. Et vous ne seriez guère en train de circuler par ici si vous vouliez aller dans les fjords de l'Ouest. Vous aviez peut-être l'intention d'y parvenir en fauteuil roulant ? Si c'était le cas, vous n'étiez pas dans la bonne direction.

Je lui dis que j'avais eu l'intention de passer par la route du Nord, et puis que je n'avais pu résister à la tentation de conduire par ici, le long de la côte pour contempler cette région abandonnée, si fascinante dans sa désolation ; je n'étais jamais venu par ici auparavant. Mais ce n'avait été qu'au moment où ma voiture était tombée en panne que je m'étais rendu compte que j'avais oublié le chargeur de mon portable et ne pouvais pas téléphoner.

Je m'efforçais de lui parler amicalement, mais je me rendis compte bien vite que je ne réussissais pas à vaincre sa défiance. Rien de ce que je disais ne sonnait normalement et c'est dès qu'on s'applique à être normal, qu'on devient vraiment bizarre. Elle me demanda ce qui était arrivé à mon pied et je lui racontai l'accident, ce qui lui fournit enfin l'explication de mon état. Elle me rappela – détail que j'avais oublié – que j'avais encore un œil au beurre noir et la figure enflée à la suite de l'accident à scooter. Elle s'étonnait du fait que je sois capable de conduire une voiture avec un pied plâtré. Je lui dis que je ne m'étais servi que du pied gauche, la voiture étant à changement de vitesse automatique ; ça avait étonnamment bien marché, avec une caissette recouverte de mousse sous le pied blessé.

Sans poser d'autres questions, elle appela le dispensaire de Þórshöfn pour savoir s'ils pouvaient venir chercher un malade, un voyageur, qui avait un pied dans le plâtre. Elle s'éloigna un peu et baissa la voix ; je n'étais manifestement pas censé entendre la conversation. Elle mit fin à la communication et me dit qu'on viendrait me chercher.

Se tournant vers moi, elle me dit : On vient d'obtenir une nouvelle ambulance, vous savez. Il y avait dans sa voix un soulagement affecté. Puis, regardant droit devant elle, elle ajouta comme dans un état second, comme si j'étais fragile : Vous êtes recherché. Le saviez-vous ?

•••

Pièce en un acte pour personnes solitaires affligées d'une certaine forme de dépression

Scène : Une chambre individuelle au dispensaire de Þórshöfn

Personnages :
Le narrateur (au lit avec un pied plâtré, écrit son journal)
L'ami dépressif (assis sur une chaise
dans un coin de la pièce, un lampadaire derrière lui)
La Mère Fouettard (se tient près du lit,
la tête haute, un faisceau de verges à la main)

Le narrateur : Hum, quel effet cela fait-il maintenant, si je lis ça tout haut ? Je suis toujours cet esprit inculte qui écrit son journal intime dans les hôpitaux, qui passe à côté de toutes les réalités sauf celles du cœur, qui veut échapper à tous les genres littéraires et vivre un unique instant fécond, libre des schémas de pensée inculqués. Je deviens de plus en plus un individu. Je n'ai pas de voix, ce journal intime usé est tout ce que je possède, je veux tenter de raconter jusqu'à ce que l'on vienne m'arrêter. Puissé-je devenir la voix du cœur éternel, à l'écart du tumulte du jour, frère et ami de toutes les âmes, seul et unique – tous les hommes. Je bénis cet instant fécond où je peux être en dehors des systèmes, où je peux écrire uniquement ce qui s'allume dans mon cœur, si peu "vendeur" que ce soit – c'est la seule chose que je puisse faire à des moments volés : m'étonner de la façon dont j'ai été balancé sur ces plaines rocailleuses et autorisé maintenant à élever la voix avant de sombrer dans l'obscurité pour y disparaître…

La Mère Fouettard (se sert de son faisceau de verges comme d'un plumeau pour épousseter les meubles) : Le texte révèle que vous ne pouvez plus penser clairement. Vous n'avez plus de concentration comme avant, mon cher, vous serez d'ailleurs bientôt foutu et ça ne vaut pas la peine de faire du nouveau (elle tapote l'épaule du narrateur). Vous devez faire comme on vous dit, vous trouver une activité mieux rémunérée que celle de gribouiller dans votre grimoire (elle arrange la couette avec sollicitude). Vous avez eu une veine de pendu de pouvoir formuler quelques phrases il y a longtemps. Mais vous n'avez plus d'inspiration, vous avez inhibé en vous toute faiblesse depuis si longtemps – ce qui est une bonne chose –, là vous êtes dans le droit chemin, vous vous êtes un peu endurci et vous êtes devenu un homme parmi les hommes. Vous devriez tenter de produire quelque chose, plutôt que d'avoir constamment cette sensibilité qui ne sert à personne, essayer d'avoir un peu plus de *classe* (elle fait siffler les deux *s*) autour de vous. Ça a tellement bien marché pour les auteurs de romans policiers, mais je doute que vous ayez les aptitudes pour.

L'ami dépressif (assis sur sa chaise, allume une cigarette) : Tu flirtes avec elle. Pourquoi ? Toi qui devrais la haïr. Comment se fait-il que tu gobes tout ce qu'elle dit ? Elle aussi est fiction, bien qu'elle se donne pour être réalité. Elle expulse la pureté de toi et pour ton plus grand malheur sa présence ne te gêne pas. Tu ne fais rien pour la repousser !

Le narrateur : Je n'en ai plus la force. Je veux dire, on est sur terre pour quelques années seulement et l'on n'a pas envie d'être en guerre ni dans une crise de colère permanente. Je ne sais pas comment ça s'est fait, on dirait qu'elle a pris place parmi les meubles – comme si elle avait joué des coudes pour se procurer une sorte de droit coutumier.

L'ami dépressif : Elle arrive comme un voleur de nuit et l'on est tenté de mettre en accusation toute la culture qui a produit cette femme, que tu laisses te fouler aux pieds. Le mieux serait de faire appel à la Cour européenne des droits de l'homme, aux Nations unies et à l'Armée du Salut, de lancer à sa poursuite les garde-côtes avec la brigade spéciale armée de la police sur le pont. Il n'y a rien qui tienne debout dans ce qu'elle dit. Elle incarne le crime contre l'âme humaine.

(La Mère Fouettard semble ne pas prêter attention à l'ami dépressif, elle s'occupe de changer la housse de la couette.)

Le narrateur : Tu ne vas pas être fâché contre moi, toi aussi. Alors je n'aurai plus personne.

La Mère Fouettard (achevant d'arranger la literie, parle avec irritation) : Bon, eh bien je m'en vais, puisque vous semblez n'avoir plus besoin de rien.

Le narrateur *(saisit la main de la Mère Fouettard)* : Ne partez pas, restez juste un peu. Ne pouvons-nous nous quitter bons amis ? Je ne veux pas que les gens soient en guerre, encore moins ceux qui me sont les plus proches, restez près de moi encore un peu…

La Mère Fouettard (sévèrement) : Il va falloir mettre un terme à cette sensiblerie sans fin pendant que le monde brûle.

Le narrateur : Oui, oui, c'est vrai, continuez. Dites-le donc. Corrigez-moi !

L'ami dépressif : Tu es malade ! Tu es vraiment mal en point ! Tu te laisses piétiner par ses chaussures vernies à pointes. Elle t'a couru après un mois entier au Sahara, en sueur et les joues rouges, de là à travers l'Afrique, puis elle t'a suivi de Bombay en Inde jusqu'à Katmandou au Népal, elle a trotté derrière toi par toute l'Europe et jusqu'en Sibérie, elle t'a poursuivi par les chemins de montagne rocailleux sur les hauteurs d'Islande et, en tournant la tête, tu l'as vue relever sa jupe noire pour franchir le ruisseau que tu viens de traverser, tu l'entends souffler et soupirer dans les éboulis raides et sur les congères en suspens où elle grimpe derrière toi en jurant, elle se tient à distance de la cascade où tu te baignes, près du lac de montagne et de la mer où tu nages, murmurant que tu vas prendre froid et attraper une pneumonie. Mourir. Dans tes rêves, elle te court après sous forme de brigands, elle s'assied à côté de toi quand tu t'efforces de penser sérieusement ou de lire un livre et elle se met à chuchoter que c'est une foutue perte de temps et est-ce que l'heure ne serait pas venue pour toi de faire quelque chose d'utile ? Elle est assise près de ton enfant et pousse un rire chevalin en avalant des chips, tout en regardant avec vous des variétés toujours plus déshumanisées. Et quand tu t'appliques à transmettre aux enfants d'anciennes valeurs, elle te prend par le cou et le serre en disant que t'es un pauvre type qui ne vit pas avec son temps. Elle recule à vrai dire un petit peu, juste pendant que tu crées ; au milieu de la joie créatrice, elle bat en retraite dans un coin sombre, mais quand tu ne produis rien et ne fais rien du tout, elle est là avec ses verges et commence à grimacer. Elle dit pourtant que tout ce que tu fais ne vaut rien, elle veut et ne veut pas, il n'y a aucune cohérence dans tout ce qu'elle dit !

Elle prétend, par exemple, que tu ne réussiras jamais à terminer cette histoire-ci, que tout cela va droit au fiasco du fait que tu te laisses conduire Dieu sait où, sur la presqu'île de Langanes ; c'est le signe de ta faillite mentale au regard de cette histoire, tellement pleine de chiqué, qu'elle n'en a jamais vu de pareille. Elle demande avec mépris : Où est l'histoire dans tout ça ? Où est le divertissement ?

Elle reprend du poil de la bête chaque fois que ta vie est en miettes et elle est contente que tu ne puisses plus pleurer, et quand tu parviens à mettre la main sur un sentiment et que tu réussis à le formuler sur le papier, que tu penses que quelqu'un d'autre a peut-être éprouvé le même et que tu espères dans ton dénuement établir par tes écrits un semblant de contact avec un autre être humain à qui tu transmets un courant chaud par le truchement des mots – c'est alors qu'elle vient te dire qu'il n'en est rien : Oh non, mon ami. Ce que vous écrivez est uniquement dans votre tête et chez personne d'autre, vous êtes en réalité très bizarre, totalement seul, et tout votre travail compte pour des prunes. Mais quand arrivent des gens, voire des étrangers, qui disent : Merci pour ce que vous avez écrit, alors elle se tient à distance et murmure en coulisse : Ils ne pensent pas ce qu'ils disent, ce n'est que de la politesse, n'allez pas croire que vous êtes quelqu'un !

Et alors toi, tu opines du bonnet, c'est toi qui la portes dans tes bras, toi qui la plains. Toi ! Qui devrais la haïr à mort.

Et quand tu penseras à ton vieil ami en te demandant si tu ne devrais pas lui rendre visite pour évoquer le bon vieux temps, elle te fixera avec stupéfaction en s'exclamant : Lui ! Croyez-vous que *lui* veuille vous rencontrer ? Lui qui ne fait que réussir ! Et toi, qui es en mal de tendresse, tu la trouves chez une femme bonne, mais alors l'autre arrive et dit que cela ne va pas durer. Que lorsque ta bien-aimée verra le *dirty* bonhomme que tu caches en toi, elle te laissera tomber parce que tu n'es tout simplement pas fait pour la tendresse, “pas vous, mon ami”, dira-t-elle en te caressant la tête. Oh, c'est absolument dégueulasse ce qu'elle peut être malhonnête !

Et quand, tel un chien battu, tu lui montres ton fils en marmonnant que lui, en tout cas, doit bien t'aimer un peu, ou souhaiter que tu dures un peu plus longtemps, et tu es si pitoyable dans ton besoin d'attachement, et tu désires tellement qu'elle confirme cela, elle te répond alors qu'elle en doute fortement. Elle te signale que tu n'as pas bien joué ton rôle de père, que tu as divorcé de la mère de l'enfant et scindé la famille par pur égoïsme, que ton fils sera le plus heureux de tous quand il quittera la maison et que, s'il n'y avait la fidélité aux vieilles coutumes, il n'aurait plus jamais de contact avec toi.

Tu bois un café.

La Mère Fouettard (prend la suite du discours de l'ami dépressif) : C'est de la saleté que vous buvez, vous savez bien que vous ne supportez plus le café.

L'ami dépressif : Tu fumes une cigarette.

La Mère Fouettard (s'exclamant) : Vous allez avoir un cancer, vous avez d'ailleurs commencé à le sentir dans le testicule gauche et vous êtes tout le temps en train de pisser, ce qui indique aussi un problème de prostate. En fait, il ne vous reste pas longtemps à vivre, ça va aller vite. C'est triste à dire, mais c'est comme ça, et j'imagine que tout le monde vous aura vite oublié puisqu'il n'y a personne qui ait vraiment voulu que vous existiez. Je me permets de présumer que vos proches se fendront du cercueil le moins cher possible, il y aura peu de couronnes et on ne récitera pas un seul poème ni de vous ni d'un autre à l'enterrement. Le prêtre bêlera son vieux prêchi-prêcha sur Lazare, la résurrection et le pardon sans que personne y voie un rapport quelconque avec votre parcours. Le peu qu'il dira sur vous sera erroné parce qu'il avait l'esprit ailleurs quand il s'est entretenu avec vos proches, c'est pourquoi il a noté tout de travers, même votre année de naissance, en vous confondant avec un homme qui a travaillé à la douane pendant quarante ans.

Il n'y aura pas grand monde à l'église et, pour tout dire, je ne prévois pas une seule larme à l'œil car, au milieu du piètre sermon débité par le prêtre, la plupart des personnes présentes seront en train de penser à la collation funéraire qui va suivre, se demandant s'il y aura de la galette de seigle beurrée, garnie de viande fumée, ou si ce sera la même capilotade que d'habitude, et comment il se fait que l'on serve toujours quelque chose de malsain et de néfaste pour la santé et qu'on exprime son affection avec de la farine et du sucre – ces purs poisons. Ainsi penseront les gens à votre enterrement et comme on n'arrivera pas à en réunir assez pour porter le cercueil, ce seront sans doute le diacre et d'autres employés de l'église qui viendront à la rescousse pour trimballer votre dépouille vers la sortie, tout en se chamaillant à cause du poids inégalement réparti, tandis que l'organiste jouera un air totalement inapproprié, du genre : *I Was Made for Lovin' You Baby* de Kiss. Une fois sortis, les porteurs parviendront enfin avec vous, mort dans la caisse, jusqu'au corbillard où se tiendra un employé des pompes funèbres pâle et ridé en train de s'allumer un cigare London Docks. Quand ils auront déposé le cercueil sur la grille à l'arrière du véhicule, certains étireront les bras en se demandant s'ils ne se sont pas foulé quelque chose et l'un d'eux lâchera dans un soupir qu'il y a là une certaine harmonie dans l'ordre de l'univers puisque vous avez toujours été un fardeau pour la société et que c'était "à la vie, à la mort". Certains riront, mais pas tous – non parce qu'ils trouvent cela inconvenant, mais parce qu'ils ont des écouteurs sans fil dans les oreilles et écoutent de la musique de méditation à l'eau de rose. Et puis vous serez emporté prestement par le patron des pompes funèbres, soufflant la fumée de son cigare comme jamais, de sorte qu'elle s'élève par la vitre et, l'espace de quelques instants, le soulagement règne dans tous les cœurs lorsque le véhicule disparaît derrière la colline de l'église, mais cela ne dure pas longtemps car les gens ont tôt fait de se demander où diable se tient cette satanée collation funéraire et pourquoi les proches n'ont pas été foutus d'organiser ça au foyer de la paroisse juste à côté…

Le narrateur : Ça suffit ! (Il la repousse.)

La Mère Fouettard : Oh oh ! On devient agressif maintenant !

L'ami dépressif : Saloperie de bonne femme pleine de merde ! Qui écrase la face de l'humain sous la semelle de ses gros souliers ! Elle n'est que le rire creux de la tête de mort !

La Mère Fouettard (détache le faisceau de verges de sa ceinture. L'ami dépressif et elle s'empoignent, mais elle réussit à lui infliger une décharge de sa matraque électrique qui le fait tomber ; elle s'assied alors sur lui à califourchon) : Maintenant tu la fermes ! Pauvre type de rien du tout !

Le narrateur : Ne lui faites pas ça, pas de décharge pour lui, je vous promets qu'il ne parlera plus comme ça. Je vous le promets, si vous arrêtez tout de suite !

La Mère Fouettard (ramène à elle la matraque et se tourne vers le narrateur) : Ce serait à condition que vous teniez parole, mais je ne vous crois plus. Vous ne tenez pas vos promesses !

Sachez (elle le menace des verges) que j'ai trouvé une voiture ; demain matin, je ficellerai votre ami à l'arrière et le ramènerai en ville, à l'hôpital. Le mieux est que vous lui fassiez vos adieux, je doute qu'il en ressortira…

(L'ami dépressif se remet péniblement sur pied derrière la matrone. Ils s'empoignent, elle brandit la matraque pour le frapper en hurlant. Il réussit à attraper son bras et lui arrache les verges de la main. Elle se débat, le frappe, le griffe au visage et arrache des poils de sa barbe. Il finit par lui asséner un bon coup de matraque sur la tempe. Elle s'écroule, d'abord à genoux, la tête encore droite, puis face contre terre. Elle gît là, apparemment inconsciente.)

Le narrateur : Qu'est-ce que tu as fait ? (épouvanté.) Tu l'as tuée ?

L'ami dépressif (tâte la carotide) : Il y a encore quelques foutus battements.

Le narrateur : Qu'est-ce qu'on fait ?

L'ami dépressif : Nous allons maintenant penser à la sortie. Nous penserons avec les sentiments (il commence à fouiller dans les placards et tiroirs à la recherche du pull et de la parka du narrateur pour l'équiper avant de sortir). Non ! Nous ne pensons pas. Nous sommes. Ici et maintenant. Nous ressentons. Nous allons nous permettre la folie royale d'être des personnes convenables et conscientes pendant quelque temps et nous attaquer à ce dont la matrone se nourrit. Nous trouverons moyen de lui rabattre le caquet. (Il sort, puis revient la ficeler et lui coller du ruban adhésif gris et épais sur la bouche et autour de la tête.)

Le narrateur (s'exclame) : Il faut qu'elle vive. Je ne peux pas rester tout seul !

L'ami dépressif (tout en s'affairant autour de la matrone) : Tu vas maintenant sortir enfin de la solitude, mon gars.

LE RIDEAU TOMBE À ÞORSHÖFN

4

KOLBEINSEY

Après avoir ligoté et bâillonné la matrone, mon ami dépressif resta un instant campé au-dessus d'elle, à côté du lit. Je n'étais manifestement pas le seul à avoir peur, nous nous regardâmes dans les yeux, épouvantés tous deux par cette nouvelle situation.

Il dit : Il va falloir l'emporter avec nous.

Je lui demandai ce qu'il comptait faire. Il était certain qu'elle téléphonerait à la police. Elle va hurler et appeler au secours, dit-il. Elle se vengera de nous et ça fera mal. Je finirai interné à vie et toi dans une cellule de prison.

Nous allons la museler soigneusement et la garder dans le coffre de la mini-jeep. On trouvera moyen de la cacher. Il y a toujours un moyen.

Je ne sais comment le décrire au juste, mais cela me faisait quelque chose que la matrone soit ainsi ligotée et bâillonnée par mon ami. Sa retenue naturelle avait disparu, toutes les voies s'ouvraient à lui et rien n'est plus périlleux que lorsqu'elles partent dans tous les sens. Le doute et l'incertitude se muèrent en une étreinte frissonnante d'angoisse et de peur. De là tout bascula dans une anxiété paralysante. La seule chose qui avait de l'effet était d'être sûrs, face à la matrone, qu'on en savait plus qu'elle.

Ce que je peux en avoir marre de ce foutu baratin sur les sentiments, proférai-je à l'adresse de mon ami dépressif. Ça va finir en catastrophe. Je ne suis pas sûr de vouloir ça plus longtemps. Je me sens comme un matelot fraîchement débarqué d'une longue campagne de pêche. Tout gonflé de sentiments, dépourvu de mots pour les pêcher dans les profondeurs du cœur. Ce n'est pas mon truc.

J'ai peur.

Pendant que je disais cela, mon ami avait réussi à hisser la matrone sur son épaule – j'avais toujours su qu'il était costaud, je fus soulagé de le voir de mes *propres yeux*. Je me mis péniblement debout et pris une couverture que je jetai sur elle. Trouvai ma chaussure, enfilai le pull et la parka et, armé de mes béquilles, empruntai en clopinant la sortie de secours par laquelle mon ami avait disparu. Puis nous nous installâmes dans la voiture avant de nous éloigner des maisons basses de Þórshöfn. Nous suivîmes la route côtière le long du fjord, avec la Mère Fouettard muselée dans le coffre.

•••

Quel est le plan ? demandai-je. Voyant qu'il ne répondait pas et me considérait comme quantité négligeable, je lui fis part de mon programme à moi. C'était le suivant : J'irais consulter un médecin à Akureyri, lui ferais vérifier le plâtre ; de là, je ferais ensuite route vers l'ouest, jusqu'à la péninsule de Snæfellsnes pour voir la ferme de mes grands-parents. Enfin, je rentrerais à Reykjavík pour commencer une nouvelle vie et assumer le quotidien avec ma bien-aimée. Ça suffit comme ça. Tu m'entends ? dis-je à mon ami dépressif. Ça suffisait comme ça, et s'il voulait rester, à Langanes par exemple ou Dieu sait où, il pouvait n'en faire qu'à sa tête. Ça suffisait comme ça !

Il resta silencieux, mais l'atmosphère entre nous était tendue de manière indéchiffrable. Il n'y avait qu'une chose dans tout cela qui menaçait de faire échouer mes plans. J'avais du mal à respirer. Une angoisse profonde avait commencé à s'emparer de moi au fur et à mesure de notre progression vers l'ouest sur le plateau. Je détestais cet ami dépressif, tout comme l'appel d'air indéfinissable qui l'accompagnait et qui m'oppressait ; il m'avait coincé. Quand la peur fut devenue palpable, je lui demandai d'arrêter la voiture. Nous étions arrivés sur les hauteurs de Hófaskarð. Le bleu de la mer dans le lointain et le scintillement du soleil sur les étangs du plateau, je vis tout cela sans en être touché. Je saisis la main de mon ami assis au volant, les joues rouges et la tête haute. Je sentis ma gorge se serrer, ma poitrine se gonfler et décroître et je lui dis dans un sanglot : Aide-moi. Je ne sais pas ce qui se passe. Il faut que je m'applique à respirer, sinon j'étouffe.

Sa voix et son regard étaient empreints d'une gravité compatissante. Nul n'est jamais mort par asphyxie psychique, dit-il. C'était exactement ce que j'avais besoin d'entendre.

Je le priai de me pardonner, il était mon seul ami ; tout bien considéré, je n'en avais pas d'autre. Il prit la parole :

Tu as entrepris ce voyage ; alors le mieux est d'aller jusqu'au bout. Il faut que tu t'agrippes à la vie à t'en blanchir les phalanges ! Que tu brandisses la vieille masse que maniait ton grand-père. Tu finiras par fendre le mur. Il y a un fond en toi comme en tous les hommes.

Je lui dis : Mais c'est comme si j'entendais gronder un loup menaçant quand je plonge les mains dans la glu noire des sentiments qui sont en moi.

Il me sourit avec chaleur : Voilà qui sonne comme si tu étais sur la bonne voie.

Il était tellement ferme et résolu. Je sentais qu'il n'avait pas peur, ou que la peur avait cédé devant l'issue qu'il avait maintenant sous les yeux. Lorsqu'en descendant du plateau, nous vîmes le fjord d'Axarfjörður écumer sous le vent frisquet, nous prîmes la direction du nord vers le village de Kópasker.

Tu dis que tu en as ras le bol de tout ce baratin sur les sentiments. Tout cela te semble ne servir absolument à rien et il vaut mieux à tes yeux s'anesthésier et remplir le quotidien d'une activité de petit-bourgeois. L'idée même te paraît absurde, d'essayer d'aller au fond de toi-même, mais tu ne vois pas que tu vis dans une société qui ne veut surtout pas que tu arrives au fond de quoi que ce soit.

Il faut que tu retrouves ce que les ancêtres t'ont mis entre les mains.

Ton cortex n'a rien.

Ta pensée et tes sentiments n'ont rien qui cloche.

Tu es de nature pure et saine.

•••

Ses paroles me calmèrent et me permirent de retrouver mon souffle. Il vit que j'allais mieux et dit qu'il avait un saut à faire pour régler quelque chose. Ce ne serait pas long, et il emporta un rouleau de papier hygiénique.

Tu surveilles la matrone pendant ce temps-là.

Je le lui promis.

Peut-être était-il en train de flancher maintenant, pensai-je en le regardant disparaître derrière une élévation. Serait-il en train de m'abandonner définitivement comme l'avaient fait tous les autres, sur les hauteurs. Au même moment j'entendis la matrone se débattre dans le coffre. Ses cris étouffés parvenaient à travers le bâillon adhésif et ses membres ligotés cognaient les parois et le fond à coups sourds. Il me sembla qu'elle réclamait de l'eau, qu'elle était en train de mourir et finalement, ne pouvant le supporter plus longtemps, je sautai hors de la voiture pour ouvrir le coffre. Mon ami l'avait ficelée sans aucun égard, je dois dire. La ficelle, telle une corde de pendu autour de son cou, était tendue jusqu'à ses mains nouées derrière le dos. De là une autre corde ligotait les jambes repliées en position fœtale. En se débattant, elle avait resserré encore plus celle qui entourait le cou. Elle était rouge et sa blessure frottée par la corde était à vif. C'était inhumain.

Sans pouvoir distinguer vraiment ce qu'elle essayait de dire, je scrutai les environs à la recherche de mon ami ; il était invisible. Je détachai alors le bâillon de scotch. D'une voix très faible, elle demanda de l'eau. Je trouvai une bouteille et m'efforçai d'en verser le contenu dans sa bouche, ce qui n'allait pas sans peine du fait qu'elle était couchée sur le côté.

Avec des sanglots dans la gorge, entrecoupés de râles d'étouffement horribles, elle prononça doucement et prudemment : Je sais que vous êtes un homme bon. Que vous ne voulez pas que je meure. Je vous en prie, je ne peux plus respirer, la corde autour de mon cou. Elle poussa un soupir. Je m'écartai et m'appuyant sur le pare-chocs, fixai la route. Elle s'était mise à pleurer, elle ne voulait pas mourir, si je pouvais seulement relâcher la corde autour de son cou pour qu'elle puisse respirer. Elle promettait de se tenir tranquille, rien que cela, je vous en prie…

À vrai dire, je ne voyais pas pourquoi empêcher la femme de respirer ; elle serait toujours ligotée, même si elle n'avait plus de lacet autour du cou. Je sortis donc un canif de ma poche et coupai le cordon. Elle prit une grande aspiration et me remercia entre deux sanglots, elle avait toujours su que j'étais un homme bon.

Je m'assis sur le pare-chocs et inspectai les hauteurs. Mon ami n'était toujours pas en vue. C'était peut-être moi qui étais en train de flancher. Je ne sais pas, peut-être n'étais-je pas assez salaud dans tout ça, pas assez sadique.

Soudain je sens qu'on me passe une corde au cou et qu'on la serre. Je cesse de respirer. Des boules de lumière flottent devant mes yeux. Je me suis levé mais elle était accrochée à mon dos, d'une prise dure comme la pierre et d'une force diabolique. Juste avant de perdre conscience, je perçus son soupir ricanant et jouissif derrière moi.

Quand je repris mes esprits, elle était couchée sur moi au bord de la route. Je sentis le froid de la lame du canif pressée contre ma carotide.

Eh bien, pauvre type, si vous bougez ne serait-ce que la main, je vous tranche la gorge. Vous êtes comme mort. Son visage était hideux, ses cheveux pendaient en touffes devant ses yeux sombres ; elle était en sueur, blême, répugnante.

Est-ce que vous pensiez vraiment réussir votre coup ? Les mots lui sortaient du ventre, comme le grondement d'un chien. Aviez-vous oublié quel pauvre type vous êtes !? Elle me tenait fermement par les cheveux. Avez-vous quelque chose à dire avant que je vous laisse saigner à mort sur le bord de la route ? Hein !? Elle cogna ma tête contre l'asphalte. Ça faisait mal.

Je soupirai que j'étais désolé.

Oh, oh, fit-elle en m'imitant d'une voix de fausset, nasillarde et odieuse : je suis désolé…

Elle n'en dit pas plus. Elle reçut un coup derrière la tête, je ne vis pas de quel instrument, mais elle s'effondra, en plein sur moi. Il y avait eu déjà pas mal de choses glaciales dans cette expérience, mais rien de comparable au fait d'avoir son visage en sueur collé au mien. Je la repoussai avec un cri de rage et la fis rouler hors de la route.

Mon ami dépressif était furieux. Tandis que je me relevais péniblement, il m'agonit d'injures, plus ordurières que celles de la matrone pour ce qui est du choix des mots et il me mit au pied du mur. Debout sur la route, je baissai les yeux vers le creux où gisait la matrone, le visage dans l'herbe, la nuque ensanglantée.

Il me dit d'un ton cassant que j'avais maintenant le choix. Soit je continuais à chouchouter cette femme et il prendrait le large immédiatement, soit je tenais bon, comme un homme, et ferais exactement ce qu'il dirait. Il hurla : C'est sérieux ! Est-ce que tu te rends compte du sérieux de la chose ?!

•••

Cette fois-ci, il la ficela encore plus serré qu'avant. Nous l'installâmes dans le coffre. Mon ami sortit la seringue de morphine et la lui planta dans l'épaule. Ça devrait la calmer, dit-il.

À la suite d'un pesant silence sur le plateau, un échange s'amorça progressivement entre nous, sur un ton un peu plus amical. Je compris qu'il avait eu peur pour moi ; c'était la raison pour laquelle il avait réagi avec une telle fureur.

Mon ami dépressif déclara : Tu ne dois jamais éprouver de compassion pour elle. Mon souhait le plus cher est que tu finisses par comprendre la nature du travail que nous sommes en train d'accomplir. Il faut nous libérer du despotisme de cette femme.

Une mauvaise crainte m'envahit. Tu ne vas tout de même pas devenir un assassin ?

Pas de danger. J'ai un plan. Sois mon allié en tout et pour tout, et fais ce que je te dis – je n'en demande pas plus.

On commençait à distinguer les contours du village qui, baigné de lumière, semblait appartenir à un autre monde. Mon ami dépressif s'éclaircit la voix : Eh bien, voilà donc le centre de l'univers, et que Dieu bénisse la créature – cette forme de vie hypersensible qui n'est pour ainsi dire jamais au mieux de sa condition. Il m'adressa son sourire en coin.

Je sentis mon ventre se contracter comme si on m'enfonçait une cale dans le plexus solaire. Je lui dis : Tout en moi indique que cela n'a pas de sens. Que la vie est ailleurs. Que je suis en train de me fourvoyer. Même quand j'essaie de me frayer un passage pour entrer par la porte de derrière.

Il répondit : C'est la voix de la matrone. Et ceci bien qu'elle soit ligotée et bâillonnée tant et plus ! Tu vois là comment son existence s'insinue, en esquivant toutes les lois connues ; tu la perces de tes lances comme la Gullveig de jadis – elle se relève toujours à nouveau.

Mais tu peux toujours compter sur moi.

Redis-le, lui dis-je. J'abaissai la vitre de la voiture et un souffle chaud me parcourut, qui ne cadrait pas avec le vent du nord. C'était clairement un souffle du dedans.

J'ai dit que tu pouvais toujours compter sur moi, répéta mon ami dépressif avec une douceur particulière.

Et tandis qu'il parlait, une goutte perla à son œil : La seule chose qui compte est ce qui se passe en toi. Un peu d'égoïsme maintenant te rendra meilleur pour les autres plus tard. La méthode est l'imprévoyance. Tu le laisses porter par le courant. Tu ignores où il te mènera. C'est justement ce qui n'est pas calculé, alors que tout le reste l'est. Ce n'est que lorsque tu sauras ce qui te gouverne véritablement que tu pourras te rebeller.

Mon ami dépressif poursuivit : Garde sur toi le sac de métaphores et sème-les à tous vents, comme la femme du dictionnaire Larousse – et ce, même si aucun utilisateur ne cultive les pissenlits.

•••

Mon ami dépressif a dit que ça tomberait à pic de bivouaquer chez une vieille connaissance à Kópasker. Je lui signalai qu'il avait employé l'expression "bivouaquer" comme si nous étions à la recherche du temps passé où l'on faisait reposer les chevaux. C'est justement le cas ! répondit-il.

Un village amical aux toits multicolores s'étala sous nos yeux lorsque nous pénétrâmes dans l'agglomération. Nous nous arrêtâmes sur un espace découvert qui pouvait passer pour le centre sacré du lieu, avec un impressionnant bâtiment triangulaire à mi-chemin entre les maisons d'habitation et le monde du travail avec ses hangars et locaux, en bas près du port.

On peut voir ici la beauté de l'idéalisme, dit mon ami en coupant le contact. Le centre sacré de cette maison était justement un espace libre où élèves et professeurs se rencontraient pour causer et délibérer dans cette école désaffectée, lieu de rassemblement – c'était un cadre pour la sociabilité, la curiosité et la créativité. On dit que ça a été un lieu d'apprentissage – pas d'enseignement. C'est l'un des rares sanctuaires de l'esprit chercheur de fraternité, désaffecté comme tel aujourd'hui. C'était l'esprit de l'humanisme, qui est le même que celui de l'art et qui devrait être aussi l'esprit de la politique, comme un homme cultivé* l'a signalé une fois, dans une histoire par ailleurs tirée en longueur. Cette petite forteresse du *spiritus humanus* ressemble maintenant à ces sanctuaires des religions perdues que l'on retrouve en abattant les arbres de la forêt vierge en Amérique du Sud. Nous sommes désormais tout seuls. J'ai envie de te faire rencontrer un vieux camarade, dit mon ami dépressif en roulant vers une vieille maison délabrée à la lisière du village.

•••

C'était un défi de gravir l'escalier avec les béquilles, car les marches étaient toutes plus ou moins fendues ou cassées de sorte qu'il en manquait une partie quand ce n'était pas le tout.

---

* Allusion à Thomas Mann, écrivain allemand, Prix Nobel en 1929, auteur du roman *La Montagne magique*.

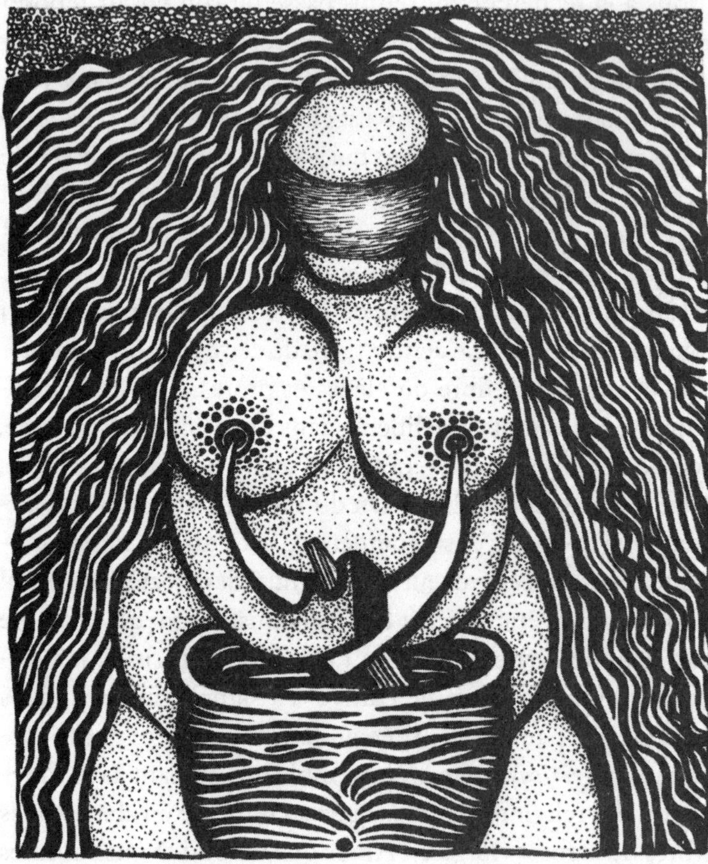

Un respectable vieillard à la barbe grise soignée vint à la porte.

Il nous dit : “Bienvenue hors de la tanière !”

Hein ? fis-je.

On s’aperçoit à mi-parcours, dit mon ami, que ce rêve de pouvoir être là, à la lumière du brasier de la créativité, sans aucun dérangement, à ce moment tant attendu où l’écrivain parviendra à produire quelque chose de *juicy* – ou comme quelqu’un a dit : le cantique des cantiques… On se rend compte que ce métier d’écrivain n’est que contre-vérité sur toute la ligne ! Mais je suis une personne intègre avec des sentiments, il faut que je m'en souvienne, et je puis exister sans créer – j'ai droit à ma part de gruau, quoi que je ramène de la pêche. Il faut que tu m'excuses si je trouve parfois qu'il y a une divergence existentielle dans tout cela, dans le fait de mettre des mots sur les contusions de l'âme dans l'espoir que quelqu'un ira mieux quelque part ? Comme si l'on faisait office de prostituée de la souffrance ?

Le vieillard dit : Disons plutôt que tu peux avoir tendance à être la fille de joie des issues de secours.

Je dis à mon ami que je ne comprenais rien à cette conversation et lui demandai s'il n'allait pas saluer le vieil homme, et quel était le rapport entre le brasier de la créativité et les filles de joie avec cette visite ?

Oui, là, tu tapes dans le mille, dit mon ami dépressif : Une fille de joie sur le bûcher de la création !

Exactement, s'exclama le vieux en levant les mains, bienvenue ! bienvenue chez moi !

C'était manifestement un solitaire et un fouineur ; toutes les surfaces étaient couvertes de feuilles, de livres ou de vieux ordinateurs, de sorte qu'on ne voyait aucun espace libre au sol ou sur une table. Mais le bonhomme était débonnaire, il avait la voix douce et agréable, chargée d'expérience et pourtant encore juvénile.

Il nous dit que nous avions de la chance ; il avait reçu un églefin en cadeau des pêcheurs du port et s'apprêtait justement à le trancher pour le mettre à la casserole. Il y en a plus qu'assez. Cela ne vous fera pas de mal de bien manger par ce sale temps, dit-il avec un sourire en coin. Du poisson tout luisant, frais pêché n'est jamais à dédaigner, renchérit mon ami.

Ils s'étaient mis à causer *normalement*.

Ce fut un repas somptueux avec des pommes de terre du jardin et de la graisse de mouton. La simplicité, c'est ce qu'il y a de meilleur, dis-je. Après quoi, ce fut comme si l'esprit du poisson nageait dans nos veines.

Quand le vieil homme eut servi le café, mon ami dépressif fut soudain empreint de gravité. Ce qu'il dit me fit tiquer :

Je débarque ici avec mon ami de Reykjavík. C'est une personne qui souffre de dépression depuis longtemps. Mais le coup de grâce lui a été donné dernièrement. Il est sacrément mal en point, comme tu vois.

Ça saute aux yeux, dit le vieux en émettant la fumée d'une grosse vapoteuse.

Je restai bouche bée d'étonnement. Une vieille pendule accrochée au mur, qui avait fait tic-tac sans discontinuer depuis notre arrivée, s'arrêta brusquement. J'énonçai : La pendule s'est arrêtée.

C'est vrai, dit le vieil homme distraitement, plongé qu'il était dans ses pensées. Il poursuivit : Je crois savoir qu'on a commencé à utiliser diverses substances naturelles pour venir à bout de cette dépression.

Le vieux avait entendu dire que la substance psychoactive utilisée, la psilocybine, était la même que celle qu'on trouve dans notre champignon islandais, le psilocybe fer de lance. Il se leva et se mit à fouiller dans les placards de sa cuisine en disant comme pour s'excuser : Ce n'est pas que j'avais prévu votre arrivée, mais un vieux copain, un chaman de Raufarhöfn, formé en Amazonie, est venu en visite et m'a rapporté ça. Oui, justement ! Il s'approcha de la table de la cuisine avec un sachet sur lequel était écrit au feutre : Méd. Psilo. lanc.

Il s'assit.

Mais qu'est-ce que j'en sais, moi, vieux bonhomme de Kópasker ? Il eut un sourire chaleureux et aspira une bouffée de vapeur.

Nous fixâmes tous deux un bon moment le sachet brun sur la table. Ni l'un ni l'autre ne dit mot. Puis je déclarai que j'avais un peu peur de telles substances.

Sans doute pas plus que peur de la vie ? dit mon ami dépressif. Le temps est peut-être venu de voir ce qui se passe hors de la forteresse du moi ? Je ne sais pas ce qu'il en est pour toi, poursuivit-il, mais moi, j'essaierai ça bien plus volontiers que le foutu Prozac.

On n'avance pas sans faire d'expériences, dit le vieux tandis que mon ami examinait l'intérieur du sachet. Avec un bruit de papier froissé, il en sortit quelques champignons, ratatinés par le séchage et d'aspect tout innocent.

On pourrait essayer, marmonnai-je, la gorge serrée. On n'en meurt pas, pas vrai ?

Non ! Ils me regardèrent tous deux avec gravité en m'assurant que nul n'était jamais mort à la suite d'un trip aux champignons. Il faudrait en bouffer soixante-dix kilos pour courir le risque.

Les champignons, je m'en souviens, n'avaient quasiment aucun goût ; ils avaient une texture caoutchouteuse qui se dissolvait rapidement dans la bouche. Le vieux pensait que douze devaient suffire, et tandis que nous grignotions avec précaution ces petits-fours spéciaux avec le café, la conversation se porta sur ses recherches sur la saga d'Eyrbyggja*, qui avaient d'une certaine façon un lien avec les champignons.

Veux-tu dire que la saga décrit des trips aux champignons ? demanda mon ami dépressif. Le vieil homme répondit que ce n'était pas vraiment le cas, bien qu'il fût persuadé que les hommes avaient récolté et consommé des champignons hallucinogènes autrefois. Il n'en était pourtant guère fait mention, sauf dans ce qu'on appelle la littérature de transe norroise, telle que le poème *Völuspá*.

Non, poursuivit le vieillard, mais je suis à peu près sûr en revanche que les prodiges de la rivière Fróðá dans la saga peuvent être imputés au champignon appelé ergot du seigle, qui se forme sur les graminées quand l'été a été pluvieux, comme il est dit d'ailleurs dans la saga. L'ergot se développe mal sur les grains de blé, mais les céréales les plus courantes à l'époque des sagas islandaises étaient l'avoine et le seigle. Le grain était bien sûr importé en partie, mais n'oublions pas

* Une des sagas des Islandais. Elle se déroule dans l'Ouest de l'Islande et fait notamment état de phénomènes surnaturels.

que la région de Borgarfjörður fourmille de noms de lieux avec "seigle" comme préfixe, en plus de tous ceux qui se terminent par "champ". Il est clair depuis longtemps que les gens faisaient beaucoup d'efforts pour cultiver des céréales aux premiers siècles du peuplement du pays, en particulier à Borgarfjörður où l'on peut voir encore le contour des anciennes terres exploitées.

Il se trouve que l'ergot du seigle rappelle le sang caillé, il est de couleur noire ou brun métallisé, c'est pourquoi la saga d'Eyrbyggja raconte que du sang s'était répandu sur la récolte. Jadis en Syrie, l'ergot du seigle était nommé "fille du sang" pour la même raison. C'était une maladie très courante sur le continent, d'aussi loin que remontent les sources, et il se forma très tôt une sorte de culte thérapeutique autour de l'ergot du seigle, associé à saint Antoine, au IIIe siècle. Il semble qu'Antoine ait connu l'art d'halluciner, mais aussi celui de guérir les gens intoxiqués par l'ergot, souffrant de la maladie souvent appelée feu de Saint-Antoine. Ce doit être le même saint qui, dans le désert, fut soumis à la tentation du diable et les peintres européens se sont évertués jusqu'à nos jours à représenter ces visions savoureuses de la tentation.

C'est très intéressant d'étudier les symptômes de la maladie en corrélation avec la saga, poursuivit-il. Outre les troubles généralisés de la perception qui y sont décrits d'abondance, les gens de la maison frappent une tête de phoque qui a surgi du plancher, une queue de bœuf dépasse d'un tas de poissons et tous essaient de tirer dessus, et ainsi de suite. Il y a d'autres symptômes tels que le sang qui cesse de circuler dans les membres ; ceux-ci bleuissent ou noircissent, et doivent être amputés, s'ils ne tombent pas d'eux-mêmes. Le berger de la saga qui est le premier à attraper la maladie est "devenu toqué" et s'est mis à "parler avec lui-même", dit le vieux qui était sur le point de disparaître dans son nuage vaporeux, c'est quelque chose qui correspond aux symptômes des troubles de la perception. En revanche lorsque Þórir Jambe-de-Bois se bagarre avec le fantôme du berger, cela signifie seulement qu'il attrape la même maladie et devient "bleu comme du charbon", ayant exactement l'aspect des membres de ceux qui sont atteints du feu de Saint-Antoine.

Mais ce qui est vraiment passionnant, continue-t-il, c'est que la saga lève tous les doutes sur l'origine de ces hallucinations, ou hantises affectant les maisons, ainsi qu'on les désignait, car elles ne sont pas liées à la seule ferme de Fróðá. Elles se produisent également chez les porteurs du cercueil partis de Fróðá pour transporter en bateau le cadavre de Þórgunna des Hébrides à Skálholt. Ils souffrent tous des mêmes troubles, le soir où ils logent près de la rivière Hvítá et voient Þórgunna surgir toute nue de son linceul et préparer pour eux un excellent repas. Elle sert à table un dîner qui rassasie tout le monde et tous sont contents de leur sort. Cela ne peut que découler du fait qu'ils ont mangé du gruau de seigle contaminé par l'ergot, à Fróðá avant de partir...

C'est à ce moment-là que mon ami dépressif sauta de sa chaise et dit, en proie à une vive émotion : Est-ce que tu vois ce que je vois ? Tu vois la femme près de la cuisinière ?

Le vieil homme continuait de faire référence à la saga d'Eyrbyggja comme si de rien n'était, mais mon regard se posa alors dans le coin de la cuisine sur une femme massive, totalement nue, et mon ami et moi nous dirigeâmes vers elle, qui semblait être en train de préparer de la soupe sans nous prêter la moindre attention.

Rends-toi compte ! dit mon ami dépressif. Nous pénétrons ici directement au cœur de la saga islandaise ! Voici Þórgunna de l'Eyrbyggja en personne !

C'était une femme de grande taille, solide, aux cheveux bouclés qui lui tombaient sur les épaules. Son ventre était bombé mais sans plis, et ses seins gros et lourds aux contours bien dessinés évoquaient la Vénus de Willendorf. – Étrange, dis-je, elle semble totalement nous ignorer ? À ce moment précis, mon ami dépressif posa la main sur un de ses seins.

Je le vis nettement : de petits sillons se formèrent là où ses doigts pressaient la chair et il dit qu'ils ne couraient pas les rues, ceux qui pouvaient littéralement "tâter" de la saga de la sorte. Je me souviens qu'il ajouta qu'elle avait dû être une femme superbe quand elle était au mieux de ses formes.

Ce qui se passe ensuite est que nous entendons un hélicoptère approcher de plus en plus et, aussitôt après, le toit de la maison se soulève doucement. C'était l'hélico qui l'emportait, suspendu à des filins. La nuit était sombre et étoilée, la lune brillait aussi. Après cela les murs, qui semblaient être faits d'une sorte d'argile mouillée, se mirent à couler et nous descendîmes sur le rivage. Nous nous étendîmes tous les deux sur la grève pour voir danser les aurores boréales sur la voûte céleste. Les lumières ne tardèrent pas à dessiner une forme féminine dans le lointain, près de quelques écueils proches de la terre. Une femme superbe surgit de l'écume du ressac sur les rochers, rappelant la naissance de la Vénus de Botticelli et cette Aphrodite née des brisants se mit à marcher sur l'eau dans notre direction. Je n'avais jamais vu de créature aussi belle. Je compris que cette femme venait *du dehors* et qu'elle portait un message de l'univers. La lumière se concentrait toujours plus en elle jusqu'à ce qu'elle parût être de chair et de sang, vêtue de voiles de soie scintillante. Elle plana vers nous juste au-dessus de la surface de la mer.

Je m'assis. Lorsqu'elle fut assez près, je lui tendis la main et elle la prit en souriant avec douceur, puis elle se fit grave et il me sembla distinguer un beau son venant de la profondeur lumineuse derrière elle. C'était un soupir doux et soyeux et je savais que c'était la force derrière cette vision qui résonnait ainsi. Elle ne parla pas mais me regarda au fond des yeux. Le temps s'arrêta. Ses yeux avaient quelque chose de singulier ; tout ce qu'elle savait s'y trouvait et j'étais conscient qu'elle voyait absolument tout, ma vie entière. Il émanait pourtant de sa personne la sensation qu'elle avait de l'affection pour moi. Elle connaissait mes blessures, savait comment je m'efforçais de les cacher. Elle savait aussi que j'en avais honte. Elle le savait parfaitement ; c'était un long et fin rayon perçant l'obscurité, c'est ainsi que son regard me traversa – elle devait être la messagère de la tendresse qui réside derrière toute chose et fait bouger les planètes. Elle voulait que je m'épanouisse et je me souviens de m'être demandé pourquoi on ne croisait jamais pareil regard dans notre vie sur terre. Et pourquoi on ne pouvait soi-même regarder son prochain avec de tels yeux ?

C'est un grand bienfait, murmurai-je, de voir un tel visage, un grand bienfait. J'étais tout rayonnant et chaud à l'intérieur.

Puis elle se dissipa et nous déambulâmes sur la grève de Kópasker ; nous nous étendîmes pour entendre ce que disaient les vagues, tout en sentant les galets usés nous masser le dos – j'étais doté de multiples mains qui se tendaient dans tous les sens. Nous perçûmes l'agitation d'un huîtrier pie qui n'appréciait pas les nouveaux venus trouvés sur son rivage. Il tenait dans son bec rouge une pincée de coquilles vides qu'il secouait vigoureusement, telles des castagnettes accompagnant un flamenco. Olé ! Le brave huîtrier est toujours le premier à annoncer les courants chauds venant du sud. Pourquoi ne lui a-t-on pas dédié un poème ?

Les rayons rouges du soleil matinal firent place à la blanche lumière du jour. Mon ami dépressif, qui avait apporté les béquilles, m'aida à remonter de la grève cahin-caha. L'air était saturé de l'odeur des algues et une brise frisquette venait du large. Nous avions froid et il n'y avait rien d'autre à faire que chercher à nous réchauffer. Nous mîmes donc le cap sur la maison du vieil homme pour le café du matin, ne fût-ce que pour le remercier.

C'est étrange, dit mon ami, je suis à peu près sûr que sa maison était ici ? Nous fîmes des allers-retours le long du talus du rivage et en arpentant les abords du village, sans jamais retrouver sa maison.

Mais nous réussîmes à retourner à la voiture et finîmes par renoncer à localiser le vieux. Nous poursuivîmes notre voyage, reconnaissants pour la chaleur dégagée par le moteur de la mini-jeep.

Il n'y a que Dieu tout-puissant qui puisse vous envoyer un tel visage, dis-je à mon ami dépressif.

•••

Nous fîmes notre entrée à Húsavík vers midi. Mon ami me demanda s'il me restait quelque possibilité de retirer de l'argent avec ma carte de crédit, car il nous fallait nous procurer ceci et cela. Je pensais disposer encore de quelques moyens. Il m'enjoignit de chercher sur le Net un magasin de meubles à Húsavík. Et je dus alors allumer mon portable que j'avais réussi à recharger. Les appels sans réponse et les SMS s'abattirent comme des grêlons sur l'appareil, messages acérés avec points d'exclamation, que je survolai d'un clin d'œil, tant de ma compagne que des organisateurs de conférences. Je n'avais pas ouvert le téléphone depuis une éternité. J'étais maintenant sur le point de perdre pied à la suite de cette plongée dans mon ancienne vie.

Mon ami le sentit et me dit à quel point ma compagne serait contente de me voir. Comme tout ce que nous faisions à présent lui servirait aussi. Que le déraisonnable était raisonnable.

Je répliquai que cette satanée virée égocentrique dans laquelle il m'avait entraîné aboutirait peut-être à la rupture avec ma bien-aimée, auquel cas je serais totalement foutu.

C'est au demeurant toi, qui m'as enlevé de l'institution pour malades mentaux, rectifia mon ami.

Oui, mais dis-moi : Où est la raison là-dedans ? Est-ce peut-être cela que tu veux, lâchai-je, que je sois seul, abandonné et ruiné en plus ? Nous étions descendus sur le quai du port et je le sommai de s'arrêter. J'attrapai mes béquilles et sortis de la voiture, pour m'asseoir sur un banc près des bateaux affrétés pour l'observation des baleines.

Je pensais à elle, et j'ai eu peur. C'était malgré tout doux et amer de savoir que l'on n'était pas indifférent à tout le monde. Son dernier message m'avait touché en plein cœur. Il ne comportait pas de point d'exclamation, ni aucune colère, il me recommandait seulement de ne pas oublier que je n'étais pas seul. Tout ce qu'elle voulait était que je me sente mieux, je ne devais pas la repousser. Je répondis à son SMS : Pas seul. Puis j'éteignis mon téléphone.

Mon ami arriva au bout d'un petit moment et s'assit sur le banc à côté de moi. Nous contemplâmes la baie. Il y avait à l'ouest des nuages sombres d'où pendaient des langues de grêle, comme des poinçons, mais à l'est le soleil brillait et le ciel était bleu avec de beaux stratocumulus blancs arrondis. Regarde le ciel, dit-il. C'est comme si le chevalier hiver allait combattre le chevalier été. C'est le rituel que nous devrions maintenir à l'honneur ici dans le Nord, à l'équinoxe de printemps, le duel de l'hiver et de l'été où, conformément aux lois de la nature, l'été est destiné à gagner. Mais la question que je voulais poser, ajouta mon ami dépressif, est la suivante : Et si ce combat avait lieu ailleurs aussi ? Et s'il y avait des gens condamnés à vivre sous le triomphe sans cesse renouvelé du chevalier hiver ?

C'est alors que je me représentai le visage de la femme onirique de Kópasker. Je me souvenais du regard plein de compassion qu'elle avait posé sur moi, bien qu'elle sût tout de moi. Une fêlure se produisit. Je fis tout mon possible pour retenir mes pleurs. Mon ami me tapota l'épaule avant de me serrer dans ses bras.

Il apparut qu'il n'y avait pas de magasin de meubles à Húsavík. Il s'enquit alors de la librairie de Þórarinn Stefánsson, fondée en 1909, où l'on pouvait trouver des cadeaux et même des meubles. Je googlai la chose et découvris que la société Penninn avait acquis la boutique quelques années auparavant et poursuivi la même activité.

"Tout se vole tôt ou tard, même si le Christ l'interdit", dit mon ami dépressif, citant Látra-Björg, la poétesse vagabonde, et il épilogua avec colère sur la façon dont les grandes entreprises rachètent les petites, arguant qu'il n'y aurait bientôt plus qu'un seul magasin, ce qui nous ramènerait au temps du monopole danois : Le nouveau libéralisme conduit au monopole et à l'esclavage ! Voilà qui mériterait réflexion. Les grosses sociétés flanquaient tout dans le même moule pour vendre la même foutue saloperie partout, à des gens qui n'avaient en réalité aucune possibilité de choisir autre chose.

Je le priai de modérer un peu son discours de Jugement dernier et lui demandai ce qu'il lui fallait en réalité dans un magasin de meubles. Il jeta un coup d'œil subreptice à l'arrière de la voiture, et je me souvins alors de la femme qui était du voyage.

Il nous faut un coffre convenable où la mettre. Nous ne pouvons pas nous déplacer avec la matrone ficelée et bâillonnée dans un chariot de supermarché – même si elle le mériterait bien.

C'est vrai, dis-je. Mais pourquoi ne l'as-tu pas dit tout de suite ? Tu n'es plus tout seul maintenant. Je suis avec toi là-dedans. Tu es tellement individualiste par moments.

À ma grande surprise, il se fit humble et dit que ce qu'on était en train de nous faire, c'était de nous priver du groupe, pour faire de nous tous des individus. Or il ne fait pas bon être seul dans le stress.

Je crois qu'il nous faudra être désormais solidaires, dis-je.

•••

Nous avons foncé jusqu'à la ville d'Akureyri, et je perds ici un peu le contrôle du récit car j'étais dans les affres du tourment en pensant à ma compagne, à qui je ne m'étais pas résolu à téléphoner. Je considérais que cela ne ferait que me remplir de remords et de culpabilité, elle me crierait de me grouiller de rentrer et ce serait comme Orphée regardant Eurydice par-dessus son épaule car chacun devrait justement faire ce voyage pour soi-même. Il serait impossible de le faire accompagné. Je n'étais pas sûr non plus des intentions de mon ami dépressif et je n'avais pas envie de faire pression sur lui. Elle en viendrait à conclure que j'étais parti dans quelque trip maniaque et que j'avais besoin d'aide. Elle dirait à la police où nous étions si je laissais échapper le moindre renseignement, ou alors elle louerait une voiture pour venir nous chercher.

Je m'excuse de ne pas donner ici de descriptions lyriques de fermes abandonnées, de la lumière sur les pentes ou des fraîches couleurs printanières de la terre, pour ne pas parler des carcasses de bagnoles rouillées, ni de l'herbe gluante des cimetières alors que tout était pourtant exemplaire. Mais quoi qu'il en soit de l'esthétique du récit, les recherches de mon ami dans les magasins de meubles d'Akureyri s'avérèrent vaines. Personne n'a plus de grands coffres ni de coffrets à vendre. Nous nous transportâmes ensuite chez un bouquiniste dans l'une des rues adjacentes au centre-ville. La boutique était de couleur orange à l'extérieur et tapissée avec goût de vieux journaux à l'intérieur. Il y avait deux tables dans un coin où l'on pouvait boire du café.

Mon ami s'arrêta sur le trottoir devant la boutique et m'aida à y entrer ; puis il gara la voiture à l'écart, où les passants risquaient moins de prêter attention au raffut de la matrone. J'avais déjà une tasse de café à la main et j'étais plongé dans les traductions de Hamsun par Jón Sigurðsson de Kaldaðarnes, qui se trouvaient là au complet sur une étagère, lorsque mon ami rentra.

Il s'immobilisa, fixant quelque chose non loin du comptoir. Je boitillai vers lui avec mes béquilles. Il était en admiration devant une grande malle de voyage. Il me regarda et fit : Qu'est-ce que je te disais !? Il y a toujours un moyen ; que le Seigneur bénisse les boutiques d'antiquités ! Il était bien là, le coffre de voyage, assez grand pour contenir la matrone. C'était une malle de bois ancienne munie de courroies de cuir tressé en guise de poignées et de gonds argentés à motifs, fixés par des clous repliés.

Il demanda combien coûtait le coffre. Une jeune fille souriante répondit qu'il n'était pas à vendre. Il demanda à parler au patron.

Une femme bien en chair, aux cheveux courts, surgit de l'arrière-boutique en écartant le rideau. Mon ami lui souhaita le bonjour, affable en tout point. Il fit l'éloge du magasin, de son emplacement, du bon goût de l'aménagement et du bien-être pur et simple qu'on éprouvait en arpentant le plancher, mais cela passa mal chez la récipiendaire, comme maintes fois auparavant lorsque mon ami dépressif se montrait avenant. Elle crut qu'il se moquait d'elle et lui coupa la parole au milieu d'une noble tirade pour lui demander ce qu'il voulait.

Il en vint à mentionner la grande malle à livres ; ce à quoi elle répondit sèchement qu'elle n'était pas à vendre. Il dit alors que nous pourrions bien payer. Je chuchotai des protestations à son oreille, mais il renchérit en disant que nous pourrions sûrement nous mettre d'accord sur un bon prix pour ce coffre. Elle répéta qu'il n'était pas à vendre, secouant un peu la tête avant de retourner derrière le rideau. Je sentis mon cœur s'effondrer, tout était perdu d'avance. Mais mon ami ne se laissa pas abattre.

N'as-tu pas dit qu'il te restait un peu de crédit sur ta carte ? me demanda-t-il et je répondis que j'avais peut-être quelques centaines de couronnes sur mon compte, et puis j'avais une carte Visa avec un peu de marge et c'était tout.

Voyons voir ! dit mon ami en se tournant vers les rayons chargés de livres. Il énonça ensuite quelque chose à voix haute à propos de tous les ouvrages qui se présentaient ; il en connaissait certains, il lisait tout haut le texte de la couverture, admirait la reliure de plusieurs volumes et les plaquait sur le comptoir : la plus belle fleur du réalisme, dit-il de *Madame Bovary* de Flaubert, en traduction islandaise. Il prit les œuvres complètes de Hamsun et les flanqua sur la table. Il s'empara de tous les classiques qu'il trouva et les jeta au même endroit, disant qu'il fallait posséder tout cela si l'on voulait prétendre au titre d'homme cultivé.

Il poursuivit son manège jusqu'à ce qu'il n'y eût plus de place sur la table. Il se mit alors à aligner les piles de livres devant le comptoir. Les yeux noirs et brillants d'animation, la barbe hirsute et les cheveux dressés en tous sens. Le jean déchiré. En parka verte à capuche. Il dit qu'il fallait tout simplement que je possède ce livre-ci, et celui-là aussi. J'essayai de rouspéter en alléguant que ça suffisait. Il arriva avec les tout derniers bouquins qui restaient sur les étagères à proximité – c'étaient des livres de cuisine – et les posa avec précaution sur le tas devant le comptoir.

Oui, dit-il à la jeune employée, j'envisage de prendre ces livres-là. La jeune fille disparut aussitôt dans l'arrière-boutique et reparut avec la patronne.

Est-ce que c'est une blague ? demanda-t-elle, fixant mon ami avec gravité.

C'est tout à fait sérieux, nous allons acheter ces livres. Je suis absolument sûr que vous allez nous faire une bonne réduction du fait de l'importance de notre achat. Il hocha la tête dans ma direction en souriant.

Les gens n'achètent d'habitude qu'un ou deux livres, dit la patronne.

Il lui demanda alors s'il était défendu d'en acheter davantage et elle concéda que ce n'était, somme toute, pas interdit.

Il tenta de me calmer en expliquant que nous revendrions tous les livres au prochain bouquiniste qui croiserait notre chemin et que je récupérerais alors tout mon argent.

Du reste, tu devrais lire davantage.

Et toi, tu devrais travailler plus, rétorquai-je, et comprendre qu'il faut bosser longtemps pour gagner la somme que tu viens de dépenser d'un seul coup.

Je n'ai rien dépensé – j'ai changé de l'argent mort en pensées et sentiments vivants.

La jeune employée enregistra et commença à mettre les livres dans un sac, c'est alors qu'intervint le discours courroucé de mon ami dépressif. C'était ce qu'il attendait. Il refusa catégoriquement d'emporter les livres dans des sacs en plastique. Ce n'était absolument pas digne d'une marchandise aussi délicate que les livres ; il ne comprenait pas que cela puisse venir à l'idée de quiconque ! Ce serait non seulement de la pollution environnementale de la pire espèce, des livres dans des sacs, entassés dans une voiture qui avait une longue route à parcourir. Ils seraient secoués, disloqués, d'autant plus qu'ils n'étaient pas neufs. De plus, les livres sont des êtres vivants qui respirent – quel effet cela leur ferait-il d'être trimballés d'une région à l'autre du pays, empaquetés dans du plastique ? Elle se tourna vers la patronne et lui répéta ce qu'il avait dit, à savoir qu'il refusait de réceptionner les livres dans des sacs en plastique.

Que voulez-vous alors ? demanda la patronne.

Il jeta un coup d'œil au grand coffre.

Elle soupira.

Alors ce sera deux cent mille couronnes de plus.

Les livres seuls coûtaient déjà près de trois cent mille ; ces courses en ville approchaient donc le demi-million, coffre compris. J'avais une bonne marge de manœuvre avec ma carte bancaire, ce qui sauvait la mise, mais j'étais en rogne contre mon ami et à peu près sûr que je ne reverrais jamais la couleur de cet argent. De plus, je n'avais pas la moindre place pour tous ces livres sur mes étagères. Mais j'étais comme paralysé et j'obtempérai, me laissant porter par le courant. Avançant en souriant jusqu'au bord de l'abîme.

La patronne avait appelé des gars par téléphone. Ils transportèrent la malle pleine de livres jusqu'à la voiture, et mon ami les pria de la déposer à terre. Quand ils furent partis, nous entassâmes les bouquins sur la banquette arrière qui s'affaissa sous le poids.

Puis nous tentâmes de soulever la matrone pour la mettre dans la malle, mais elle donnait des coups de pied et se débattait, toute ligotée qu'elle fût. Mon ami alla à l'avant chercher une dose de morphine qu'il lui injecta dans l'épaule, ce qui eut pour effet d'atténuer sa résistance. Suffisamment pour que nous puissions, en conjuguant nos efforts, la sortir de la voiture et la mettre dans la malle, que nous enfournâmes ensuite dans le véhicule. Il avait rabattu le couvercle et bloqué le dispositif de fermeture. Il sourit. Mon ami dépressif rayonnait. Il prononça : Grímsey.

•••

Nous poursuivîmes notre route jusqu'au port de Dalvík. Dans quelques heures, le ferry mettrait le cap sur l'île de Grímsey et nous déposerait là-bas sur le quai. En plus de tout le reste, j'avais maintenant de gros soucis d'argent ; mon ami dépressif était bien capable de le dilapider, sans avoir la moindre notion de finance. Se disputaient en moi la raison qui voulait le stopper et ce voyage que j'éprouvais de plus en plus comme une sorte de chute libre accompagnée d'un rire insouciant.

Je distinguai peu à peu les contours de son projet. Rien de sa part ne pouvait plus me prendre au dépourvu.

Je trouve ça plutôt désolant d'aller à Grímsey, dis-je.

Tu comprendras, répliqua-t-il.

Un vent froid du nord soufflait de la mer sur le quai de Dalvík. Des gouttes provenant de mouettes blanches en vol tombèrent sur ma joue tandis que je claudiquais avec mes béquilles jusqu'au bout du ponton. Mon ami informa le personnel de la compagnie North Sea Adventures que nous avions un bagage assez lourd, ou plutôt un lourd "fardeau", ainsi que fut désigné Grettir lors de son transport, dans la saga du même nom. Nous réussîmes à extorquer du café de la machine du hall d'entrée et, un peu avant de larguer les amarres, les employés aidèrent mon ami à installer la malle à bord. Pendant qu'ils s'y évertuaient, mon ami dit :

J'adore le parler du Nord ! Ça, c'est de l'islandais sérieux, tandis que le reste du pays parle une langue plate et stérilisée. Dorénavant je vais adopter l'islandais du Nord !

C'est un fardeau lourd à emporter à Grímsey, dit l'un des gars du quai.

Chacun a son diable à traîner, dit mon ami dépressif en souriant.

Le vôtre doit être un poids lourd, fit un autre.

"Avoir un lourd fardeau à porter – c'est exister" comme l'a écrit un poète de votre région, répondit mon ami. Il prétendit transporter une bibliothèque destinée à un parent là-bas, à Grímsey ; c'était une part d'héritage. Ils semblèrent avaler cette explication et placèrent le coffre sur le pont du bateau ; nous restâmes à côté, pour parer au danger de ce que la "bibliothèque" pourrait inventer.

Il y avait quelques passagers à bord et ils nous posèrent des questions en anglais sur ce bagage d'un autre temps. C'était un groupe originaire d'Asie ; leur humilité, leur petite taille et leur rire chaleureux me donnèrent à penser qu'ils étaient japonais. Ils se demandaient si les îliens voyageaient toujours avec de tels coffres plutôt que des valises ? Toujours, répondit mon ami, *we refuse to be modern* !

Les Japonais rigolèrent amicalement. Ils se mirent aussitôt à prendre des photos de ces hommes étranges avec leur bagage.

Mon ami dépressif réagit en posant devant la malle, la main sur un harpon trouvé sur le pont, comme si le coffre sous son pied était un morse ou une baleine qu'il avait vaincue. Les femmes japonaises étirèrent leurs rallonges à selfies, voulant bien entendu prendre une photo d'elles-mêmes avec ce chasseur sauvage du Grand Nord. Elles rirent lorsqu'il prit la pose et poussèrent des cris d'admiration – nous en avions besoin. Il était vivant et plein d'entrain. C'était difficile à croire qu'il ait été alité dans une institution peu de temps auparavant, les yeux assombris par la dépression. L'étincelle y était revenue, ses cheveux et sa longue barbe témoignaient d'une force vive et d'une croissance, la vieille parka verte usée sur les bords et le jean déchiré portaient la marque de l'esprit du libre penseur.

Le vent du nord s'était calmé bien qu'il y eût encore de petites vagues. Le temps était clair dans la baie et de hauts nuages gris surmontaient les montagnes, apportant toujours au cœur un soulagement certain. Fumée du diesel et lent roulis, grands sourires japonais. Je m'abandonnai à la volonté de mon ami. Où le vent nous poussait m'était devenu égal. Je riais pendant la chute.

•••

Assis sur la malle sur le pont, mon ami parlait des Japonais, dont l'attention s'était portée à bâbord où quelques dauphins faisaient saillir leur dorsale.

Tu sais que les Japonais obéissent à des règles de conduite immémoriales, élaborées par un prince du VIIe siècle à partir du cœur de l'homme. Le prince professait que tous les cœurs étaient uniques et qu'il fallait leur témoigner du respect, mais c'était cependant la majorité qui devait gouverner. Ces règles de conduite du prince ont servi de référence quand ils ont élaboré une nouvelle constitution. Un peuple comme ça ne laisse pas la démocratie perdre pied aussi facilement que nous, imitateurs du rationalisme grec, de la bureaucratie romaine, des religions allemandes et du néolibéralisme américain. Vois comme ils sont accordés. On a fait des études comparatives. Quand des Asiatiques sont mis en présence d'un aquarium renfermant un banc de poissons noirâtres et un poisson rouge, ils suivent avant tout des yeux le mouvement du banc de poissons – tandis que les Occidentaux n'ont d'yeux que pour le poisson rouge. Ils ont une autre perception. Ils voient la beauté du groupe.

Cela faisait du bien d'être dehors, à l'air de la mer, et de sentir le rythme des vagues. Mon ami exultait.

Chez nous, on fait tout pour que les gens entrent en compétition les uns avec les autres ; tous devront se mesurer aux autres en tout, car on sait que l'esprit de compétition rompt la sociabilité et l'intérêt véritable pour les choses. Il y a un concours pour couronner le meilleur fermier. Le meilleur cuisinier. Le meilleur parent. Le plus capable de sortir d'un ascenseur en panne. Le meilleur en littérature. Si l'on considérait chaque cœur comme unique, comme le voulait le prince, chaque voix serait unique et chaque personne unique. On ne pourrait alors être en compétition pour rien, car le sauteur à skis serait continuellement en train de rivaliser avec la patineuse artistique. La divergence s'est infiltrée.

Seul le poisson rouge a le droit d'exister.

Et maintenant on en est au stade où l'historien est plus vénéré que l'histoire, tout comme le chanteur est plus vénéré que le chant, l'artiste plus que l'art, l'acteur plus que la pièce, le penseur plus que ce qui est pensé.

Les grandes compagnies sont en train de réussir à exterminer en nous des émotions vieilles de millions d'années, le passé qui a tissé tout le spectre des sentiments dans notre âme. On le sent. Au plus profond de soi. Et elles disposent de tous les renseignements sur toi – petit à petit elles l'emporteront. Cette prétendue "réalité" dans laquelle on nous force est une fiction exécrable car la qualité de toute réalité se mesure à la voie favorable qu'elle ouvre à une existence véritable de la créature. Et si ton existence est calibrée par l'algorithme, alors il n'y a pas d'issue – car l'issue est rupture du schéma traditionnel. Ainsi l'existence humaine sera définitivement bloquée – si c'est l'algorithme qui l'emporte.

Tout est à vendre. Et puisque tout est à vendre, rien n'a plus de valeur.

Respire. Tu es une personne libre.

L'issue est bien indiquée avec les sentiments. Il sourit et me regarda dans les yeux : Je sais que je commence à sonner comme un disque rayé… disque rayé… disque rayé. Il se

mit à rire de lui-même et improvisa une conversation dont il interpréta les deux interlocuteurs en changeant de voix :

Qui parle ?

Personne ne parle.

Qu'est-ce qu'il dit ?

Il ne dit rien.

•••

Plus loin dans la baie, on pouvait voir le large dos de la houle monter et descendre sous la brise. Les pétrels ensoleillés planaient autour du bateau et glissaient en suivant les contours de la mer. Au bout d'un petit moment apparut le premier gros cétacé, une baleine à bosse qui flottait à la surface comme si elle était de mèche avec la compagnie d'observation des baleines. Tous les Japonais se précipitèrent à bâbord, comme un banc de poissons.

Toujours assis sur le coffre, mon ami dit :

Là où personne ne pense différemment, et je dis bien totalement différemment – tout peut arriver.

Voilà ce que je prêche : ou bien tu compatis avec la créature, avec l'homme qui a été mis de force dans cet état, aliéné à sa propre pensée et à ses sentiments, ou alors tu laisses tomber.

Sur la feuille d'un lys, mon ami.

Ainsi dois-tu triompher des grosses vagues.

•••

Grímsey, la seule parcelle habitée de l'Islande au nord du cercle polaire arctique, était visible à présent et le cap était mis sur le port des petits bateaux de pêche au bas des maisons de l'île. Mon ami retraçait en anglais pour les Japonais les principaux chapitres de l'histoire du lieu : l'épisode où Olaf le Saint demanda aux Islandais du Nord de lui donner l'île, aux environs de l'an 1000, et celui où le chef Guðmundur, poursuivi par les habitants d'Eyjafjörður, s'y réfugia deux cents ans plus tard. C'est à ce moment-là que nous entendîmes des coups et des battements provenant de la malle. Mon ami dépressif se détourna promptement des Japonais et me demanda d'approcher avec mes béquilles. Il se mit à tambouriner des deux mains sur le coffre en chantant un mantra, *om mani padme hum*, et je fis de même avec mes béquilles. Il sourit aux Japonais, qui ne savaient pas sur quel pied danser. Il se mit à psalmodier en tambourinant comme un chaman et ils finirent par sourire, puis à rire et à applaudir. Ils crurent sans doute que cela faisait partie du paquet touristique "*native adventures*" et que nous étions à la solde de l'entreprise. C'est ainsi que nous continuâmes le battage jusqu'au fond du port, couvrant le remue-ménage de la matrone. Les Japonais, qui faisaient escale pour visiter, furent les premiers à descendre la coupée et quand ils furent partis et que l'équipage fut occupé à l'amarrage, mon ami sortit la seringue qu'il portait sur lui, et ouvrit la malle. Il injecta une nouvelle dose de morphine à la matrone, qui s'affaissa aussitôt.

•••

C'est ainsi que nous aboutîmes à la zone habitée la plus septentrionale et la plus isolée d'Islande. Mon ami dépressif, moi et la Mère Fouettard. Après avoir trimballé la malle, avec l'aide de quelques îliens, du bateau jusqu'à la remorque d'un tracteur, pour parvenir à la chambre de l'unique hébergement de l'île, nous avons mis le cap sur le restaurant La Sterne. Les plaisantins assurent que La Sterne est de très loin le meilleur restaurant de l'île. C'est en fait le seul. Le pot-au-feu de mouton islandais trônait en haut du menu et il fut vite servi par l'aimable fille de la maison. Je sentis le bien-être m'envahir quand chaleur et nourriture se répandirent dans mon corps.

L'étau qui encerclait ma poitrine s'était un peu desserré, je respirais plus facilement et dis à mon ami : Cette vie a la simplicité du pot-au-feu.

Il faut bien bouffer quelque chose.

Il faut bouffer.

Et si l'on a envie de pisser, il faut bien pisser quelque part, dit-il.

Que veux-tu dire ? demandai-je.

Ne pas se débiner avant d'avoir atteint le fond.

Les bras m'en tombèrent. Je soupirai et dis que je n'en pouvais plus. J'étais épuisé. Il dit qu'il n'était pas question d'abandonner dans les derniers mètres. J'étais anéanti quand il s'essuya la bouche et se leva. Il expliqua qu'il devait descendre au port et tenter d'établir un contact avec quelque "marin pêcheur au cœur pur", selon son expression.

Je restai en plan avec l'addition comme d'habitude et j'avais tellement mal à la jambe que je renonçai à essayer de le suivre.

Les grandes lignes de son plan commençaient enfin à se faire jour, en même temps que la peur m'envahissait. L'angoisse montait en vapeur de mon ventre. Je boitillai jusqu'à la pension et j'eus la chance miraculeuse de m'y endormir.

•••

Les coups de la matrone dans la malle me réveillèrent dans la soirée. Je sentis au réveil l'angoisse me tomber dessus comme une grêle ; d'autres allaient entendre, on nous découvrirait maintenant, si mon ami n'arrivait pas pour sauver la situation. C'étaient au demeurant des coups plus étouffés et plus sourds, comme si elle avait du mal à cogner les parois de ses mains et pieds. Un puissant relent d'ammoniaque s'échappa de la malle quand je l'ouvris et la seule chose qui me vint à l'esprit fut de me coucher sur la matrone pour la comprimer de tout mon poids. Je l'entendis souffler et soupirer sous moi avec des bruits d'étranglement provenant de la gorge. Sa respiration produisait de nouveaux sons, qui résonnaient dans ses bronches comme chez un gros fumeur, le soir venu. Je ne voulais pas avoir pitié d'elle. J'avais pitié d'elle. Qu'avions-nous fait ? Il ne fallait pas que j'aie pitié d'elle. Il fallait que je sois dur. La pauvre, qu'elle aille au diable, vu que la compassion pour de mauvaises personnes et de mauvaises pensées peut conduire un homme à sa perte. Ce qui est chaud doit être chaud. Ce qui est froid doit être froid. Les maintenir séparés. Ou bien traverser une vie incolore en pauvre type, minable et tiède.

Je restai couché ainsi quelque temps, le plâtre en l'air dépassant du coffre. Je m'efforçai d'avoir au moins une pensée ensoleillée ; il ne faut pas beaucoup de lumière pour vaincre les ténèbres. J'essayai d'aborder la situation dans un état d'esprit *positif*. On sait par exemple que beaucoup s'embêtent à mort dans cette prétendue vie, que le simple fait d'exister ennuie profondément certains. Le côté positif étant que, pendant qu'on suffoque en proie à la peur, on ne s'ennuie pas du tout ! Non, il ne fallait pas tomber dans le cynisme. C'était un trop bref réconfort. Je me mis à penser aux gens qui souhaiteraient éventuellement que je continue à vivre. Mon garçon. Et ma compagne, qui m'avait soutenu dans toutes les épreuves. Je me suis rappelé à quel point mon fils avait le cœur pur et s'efforçait toujours de concilier les gens, de voir le bon côté des choses. Comme il me disait avoir hâte de regarder avec moi quelque émission télévisée le soir, quand il savait que je souffrais de dépression et devrais me coucher après avoir préparé le repas. Peut-être faisait-il semblant d'avoir hâte ? Je me disais que le sentiment le plus fort que je lui avais inculqué en tant qu'éducateur était peut-être la hâte de voir une émission à la télé. Et puis me revinrent à l'esprit des moments où je me sentais mieux, mais où mon garçon ne me laissait plus le joindre, comme si le fil s'était rompu entre nous, et je ne savais pas si c'était à cause de sa mère ou de moi-même…

Je sentis le gonflement précurseur des larmes et puis elles commencèrent à couler, je m'étais mis à pleurer. Je pleurais le tout en bloc. Je pleurais les errements. Je pleurais d'anciens automnes. Je pleurais la fissure du trottoir. Les enfants qui s'engloutissent dans l'écran de leur smartphone. L'absence de liaison et la divergence. Je pleurais les mains blanches tâtonnantes. Je pleurais le serrement de cœur et le temps perdu.

•••

Je ne savais plus où j'en étais, couché dans le coffre, avant que mon ami dépressif ne se tienne au-dessus de moi, avec son sourire en coin. Il me tendit une main secourable pour m'aider à me relever. Après quoi, la seringue apparut. La fiole de morphine. Il injecta une nouvelle dose à la matrone. À moi aussi. Puis il s'assit sur le lit et annonça qu'il y avait un petit problème à Grímsey.

Que veux-tu dire ? Un problème ?

Il s'avérait qu'aucun marin pêcheur ne s'était porté volontaire pour nous transporter à l'ultime escale, à moins de voir ce qu'il y avait dans notre malle. Il va donc falloir emprunter un bateau de pêche à la faveur de la nuit, contre modeste rétribution, bien entendu. Personne ne verrouillait la timonerie des bateaux ici sur l'île et il suffisait de mettre en contact les deux pôles du démarreur…

C'est un acte criminel ! m'exclamai-je, pensant bien que l'affaire relèverait de la police. Je n'allais pas le laisser m'achever définitivement. C'en était assez. Non ! dis-je. Je ne vais pas me faire voleur.

Cela ne fit que fortifier la résolution de mon ami qui riposta en criant que j'étais constamment en train de commettre un crime contre moi-même. Et où est la police alors ? Qui est la police alors ? Ce crime s'était glissé dans ma vie comme un cambrioleur. Je ne voyais plus clair et j'étais tellement soudé à la matrone que je ne m'en libérerais jamais. Si nous ne suivions pas son plan, elle reprendrait le dessus. Elle viendrait à bout de lui-même à force de pilules dans quelque institution, et elle me maintiendrait dans une éternelle interdiction de visite. J'avais beau me sentir un peu mieux à présent, j'avais encore du chemin à faire. Aller jusqu'au bout était le seul combat honnête.

Je lui demandai de baisser le ton. Il y avait d'autres hôtes dans la pension.

Un long silence régna ensuite dans la chambre. Je considérai la forme humaine défigurée de la matrone, étroitement ligotée dans le coffre ; sa langue semblait dépasser du ruban adhésif gris. Mes yeux se portèrent sur mon ami, gonflé d'impatience et d'une exaltation bruyante. Je rencontrai son regard pur. Le plus étrange était que je le redoutais plus que la matrone, et l'idée me frappa comme l'éclair que la conduite à tenir devait être justement d'aller à la rencontre de ce qu'on redoute le plus. La raison était du côté de la matrone. Elle avait le système rationnel derrière elle.

Le rationnel. Le logique. Le catégorique, la matrone et la Mort.

Il était de la plus grande importance pour mon ami que nous nous en tenions à son plan si nous voulions que les choses tournent bien. Il me dit que la météo prévoyait un temps doux, idéal pour la nuit et la matinée du lendemain, une mer lisse, à peine un souffle de vent, ce qui était fort rare dans ces parages. Ce serait maintenant ou jamais.

•••

Mon ami dépressif m'a secoué vers deux heures et demie du matin. Il était debout depuis longtemps déjà, occupé, bien sûr, à préparer le voyage, à se procurer des provisions, des réserves d'eau et à porter tout cela en douce à bord du bateau de pêche qu'il allait "emprunter". Il me dit avoir réussi à faire le plein de diesel. C'est qu'il était prévoyant, mon ami, c'était digne d'admiration. Il ouvrit la malle et souleva la matrone qu'il chargea sur son épaule.

Tout en vacillant sur mes béquilles à ses côtés, je lui dis que nous réglerions la note. Nul ne devait être lésé à la suite de notre équipée, surtout pas les gens du village. La matrone était enroulée dans une couverture. Nous marchions dans l'obscurité à la lueur des réverbères de Grímsey. Je devais mettre les bouchées doubles pour rester au niveau de mon ami. Je chuchotai : Tu dis avoir rempli le réservoir. Où allons-nous ?

Au nord – nord-ouest, murmura-t-il. Au terminus.

Il ne dit rien d'autre, ne me répondit plus et poursuivit sa marche comme s'il était en transe. Peut-être avait-il peur que je ne flanche s'il précisait davantage son projet. Il flanqua la matrone dans la cabine du bateau et m'ordonna de veiller à l'injection de carburant, je devrais l'augmenter au débrayage pendant qu'il mettrait en marche. Il ouvrit le capot, une grosse clé à la main. Il mit un temps fou à bidouiller dans le moteur sans aucun effet et je finis par lui demander ce qu'il était en train de faire. Il me demanda avec irritation si je ne voyais pas qu'il essayait de mettre en contact les pôles du starter pour faire démarrer le moteur.

Mais la clé est sur le tableau de bord !

Ah bon ? fit-il, s'empressant de passer du moteur à la timonerie. Après quoi il libéra les amarres du quai, nous poussa hors de l'embouchure et ne démarra pas avant que nous ayons dépassé la jetée.

•••

Je vis qu'il mettait un point dans le GPS orienté au nord. Je posai sur lui un regard interrogateur. La matrone se mit à geindre. Je trouvai un couteau et m'approchai d'elle pour couper le ruban adhésif enroulé autour de sa tête.

Si on ne lui donne pas quelque chose à boire maintenant, elle va crever, dis-je en essayant de lui verser de l'eau du thermos. Elle avait de l'écume aux commissures des lèvres et les yeux éteints. Elle était mal embouchée bien que sa voix fût faible. La plupart de l'eau dégoulina sur sa poitrine.

Il faisait encore sombre mais je vis sur l'écran de la sonde que la profondeur augmentait sous la quille.

Les feux du bateau révélaient du brouillard en haute mer, mais il faisait pour ainsi dire calme plat.

On met simplement le cap au large ?

Il accéléra un peu tout en s'occupant du GPS et de la sonde.

Qu'est-ce que nous faisons ?

Qu'est-ce que tu es en train de faire ?

Il répondit : Nous sommes en train de défier l'effroyable logique de la structure ou forme. Nous faisons la nique à la coutume psychologique. Nous allons comprendre que sous toute logique il y a sentiment et nous allons y parvenir pour y plonger nos mains. Nous allons nous engloutir dans ce qui nourrit la matrone. Nous allons le comprendre au fond du cœur. Béni soit celui qui est meurtri et qui pleure.

Nous engloutir, marmonnai-je. Ce n'est peut-être pas le bon mot à employer en ce moment.

Il sortit un calendrier de petit format et y gribouilla quelque chose avec un bout de crayon.

C'est une navigation de trois heures à peine, orientée nord – nord-ouest ; le bateau fait du quinze milles à l'heure, fit-il distraitement, en griffonnant dans son agenda.

Puis il baissa les yeux sur moi.

Il faut que tu balances. Il faut que tu balances tout. Ceux qui disent que tu as besoin de pilules : envoie-les promener. Ceux qui disent que tu es un méchant homme : envoie-les promener. Ceux qui disent que tu es dérangé et malade : envoie-les promener. Ceux qui disent : Va acheter quelque chose. Jette un œil à Facebook : envoie-les promener. Tu es plus malin qu'eux. Et tu assumeras cela en vrai païen responsable du feu de son foyer.

C'est ton feu.

C'est seulement ainsi que le monde pourra aller mieux.

Kolbeinsey.

Et il regarda par la fenêtre ouverte de la timonerie à tribord en répétant distraitement :

Nous l'installerons à Kolbeinsey.

•••

La matrone reprit ses esprits à ces mots. Elle me donna un coup de ses deux pieds en haletant, et dit que nous serions emprisonnés tous les deux. J'eus très mal à ma jambe valide, car j'étais à ses pieds, sur la banquette à bâbord.

Mon ami accourut aussitôt pour resserrer les cordes et rebâillonner la bouche. Je jurai en me levant et sortis en chancelant sur le pont.

C'est la toute dernière escale et il faudra respecter le rituel ! me cria-t-il par le hublot de la timonerie.

Je pris position contre le bastingage, avec enfin une pensée positive : comme il serait facile de basculer par-dessus bord à l'aide de mes béquilles. Le clair de lune jouait à la surface ridée de la mer sous forme de milliers de petits poissons lumineux.

L'îlot de Kolbeinsey a depuis longtemps disparu et je n'ai plus la force de jouer à ça, espèce de salopard de merde !

Voilà qui me plaît, me parvint de la timonerie, à travers le boucan du moteur et les gémissements de la matrone. Rien n'est plus rafraîchissant pour le cœur qu'une juste et saine colère !

Conneries ! criai-je à travers la fumée du diesel.

Bon, bon. En tant qu'être humain, tu possèdes quelque chose qu'aucune machine ne pourra jamais t'usurper, c'est la métaphore qui s'allume dans le cœur. Elle est ton bien le plus précieux – elle est ton humanité. Elle est ta missive au grand Esprit, elle est le lien avec les aïeux. Sors les métaphores, te dis-je ! Sors de ta parka !

Dénude ta poitrine comme Baldur le Blanc* !

Je dis : Le sentiment en dessous. C'est une tête d'homme qui presse le rideau blanc. Se défigure et soupire. N'arrive pas à traverser. Je ne peux pas ! Je ne peux pas tomber simplement enceint de quelque chose. Et le mettre au monde.

À qui doit-on jeter les perles – si ce n'est aux cochons ? dit-il par le hublot. Fais-le donc et ris d'un gros rire après !

Accouche.

Accouche de toi toi-même !

Tout ce dont tu accouches est venu de la douleur.

---

* L'un des fils d'Odin, Baldur, était aimé de tous. Invulnérable, il se dénudait et invitait les dieux à le cribler de projectiles pour s'amuser.

Tu parles comme un être brisé et seuls les êtres brisés disent la vérité !

Le progrès dansant par saccades
retombe dans la même ornière
avec la moue d'un petit enfant

Ce n'est pas ce que je veux dire ! s'échappa de la timonerie. Je veux dire creuser plus profond. Creuse plus profond !

J'ai peur de la bête en cage.

Le mal devient beau si on l'examine à fond, cria-t-il. Et s'il n'est pas beau, c'est que tu ne l'as pas examiné à fond !

Effacé comme la lunule de l'ongle
et le sillage du cygne
est le sentiment profond qui dirige tout

Il m'est impossible de dire pendant combien de temps nous échangeâmes ces paroles. Les pleurs de la matrone se mêlaient au bruit du moteur et le roulis s'était accentué au rythme des vagues, au fur et à mesure que le jour pointait. Le brouillard s'allégea et la brise de l'océan Arctique était fraîche et salée. Je compris que c'était la fin. Rien que la mer immense de tous côtés. La grise mer arctique. Le sombre large.

Je tomberai dans cette grisaille éternelle avec toutes les couleurs dans la poitrine ! criai-je.

Qui peut te guérir sinon toi-même ?

Il passa la tête par la fenêtre, la cigarette au bec tel un brave capitaine, et hurla : Allez, fais ton petit Þórir Jökull* et ponds de la poésie jusqu'à ta mort. Tu remonteras sur la quille !

---

* Personnage historique de la Saga des Sturlungar du XIIIe siècle, il fut décapité à l'âge de seize ans, après avoir composé un poème exprimant la sérénité face à la mort.

•••

Mon ami me cria à nouveau de la timonerie que nous approchions. Il voyait à la sonde que nous étions sur une crête sous-marine et la profondeur diminuait régulièrement en direction de l'île. Il ajouta : Ce n'est pas vrai.

Qu'est-ce qui n'est pas vrai ? demandai-je.

Selon lui, il y avait en moi un prisme merveilleux et ultrafin de sentiments, développé par les aïeux qui me l'avaient transmis, tel un précieux cadeau qu'il ne fallait surtout pas mépriser, même si tout, autour de moi, préconisait de le faire.

Ce n'est qu'un minuscule récif. L'aire d'atterrissage pour hélicoptère s'est effondrée. Ça ne sert à rien, dis-je.

C'est une île merveilleuse. C'est le bon environnement. Tout ce que tu penses et dis ne sert à rien. Rien ne sert à quoi que ce soit. Sauf s'attaquer au sentiment qui dit que rien ne sert à rien !

Toute ta couronne de lauriers.

Toutes tes médailles, tu les déposes aux pieds du monde et demandes d'une petite voix :

Puis-je exister ?

En ceci réside un manque de confiance total en l'être humain.

La mort de l'amour inconditionnel du prochain. Non.

La mort de l'amour du prochain.

Qui parle ?

Personne ne parle.

Qu'est-ce qu'il dit ?

Il ne dit rien.

Sauf la mort de l'amour du prochain.

•••

Nous devons être tout près maintenant, dit mon ami, nous sommes à seulement trois brasses de profondeur ! Nous étions en plein brouillard poussé par le vent.

Sorti sur le pont avec des jumelles qu'il avait trouvées dans la cabine, il scrutait les environs. J'étais rentré dans la timonerie car j'avais froid.

Il raconta : Quand l'évêque Guðbrandur envoya ici les frères de la vallée de Hvanndalir en 1616, l'île faisait sept cent trente mètres de long. Elle était si blanche de guano qu'ils l'ont prise d'abord pour un navire toutes voiles dehors. Ils l'ont comparée à un tas de linaigrettes. Elle était alors couverte de grands pingouins, au dire des deux frères, et tu n'as qu'à descendre une fois tout au fond. Alors il se soulève. Et tu n'auras plus jamais besoin de descendre aussi loin.

Le vent s'était calmé au large et le brouillard était retombé du même coup, réduisant la visibilité.

Chut. Je l'entends. J'entends le reflux des vagues. J'entends qu'elles se brisent !

Une fois ressorti sur le pont, je compris qu'il y avait du fondement à ce qu'il disait. J'entendais le grondement du ressac au nord-ouest de notre position et quand mon ami mit le cap dans cette direction, le vent se remit à souffler, dissipant le brouillard en partie. Peu de temps après, nous aperçûmes ce petit récif, ou plutôt ces deux écueils séparés par un bras de mer profond. Les rochers couverts d'un dépôt gluant et vert avaient une surface étonnamment plate. Il cria par la fenêtre : La voilà, la reine de nos eaux territoriales, l'avant-poste du Nord, l'image rocheuse de l'humanité !

C'était Kolbeinsey.

Il y avait étonnamment beaucoup de remous autour de cette "île" qui avait connu des jours meilleurs. Bien que le calme plat régnât à proximité du récif, la mer bouillonnait dans le couloir entre les rochers, accompagnée du grondement d'un puissant ressac.

Pas étonnant que la roche cède – l'assaut des vagues ne la laisse jamais en paix, pas plus que les intrusions ! criai-je.

Il n'y a aucun moyen d'aborder là, fit-il en se mordant la lèvre. Le bateau pourrait se fracasser. L'accès à l'île est assez abrupt du côté nord. Il me fit signe de venir à la barre pour maintenir le bateau hors du bris des vagues et être prêt à faire machine arrière dès que je le sentirais aspiré vers l'îlot par le ressac. Tout en parlant il commença à se déshabiller et à fouiller dans les affaires à l'avant de la cabine. Il en sortit une combinaison de plongée qu'il enfila.

Qu'est-ce que tu fais ?

Je vais aller jusqu'à l'île. En nageant sur le dos, pour soutenir la matrone.

Quand il fut prêt, il attrapa le couteau dans l'évier et coupa les liens de la femme qu'il libéra de la bande adhésive entourant sa tête et sa bouche. Elle était abrutie et opposa peu de résistance, manifestement à bout de forces. Ses cheveux pendaient en touffes sur un visage gonflé de pleurs. Son collant brun, déchiré çà et là, laissait voir des jambes blanches veinées de bleu, le bas de la robe était en lambeaux et une odeur puissante d'excréments s'éleva quand il la déplaça.

Il la souleva pour la jucher sur son épaule et la transporta en chancelant à l'arrière. Il y avait là un panneau mobile et une échelle métallique permettant de descendre facilement dans la mer.

Pense à faire face au vent du nord et maintiens-toi à bonne distance du ressac ! Merci pour ta compagnie, au cas où je n'arriverais pas à revenir !

Tu as été un super compagnon de voyage, ajouta-t-il, si bas que je fus touché au cœur.

Puis il se laissa glisser dans l'océan Arctique. Il tira à lui la matrone alors qu'elle essayait de toutes ses faibles forces de s'agripper au panneau. Il réussit à l'attraper dans ses bras et se mit à progresser dans la direction du récif en se propulsant avec les jambes autant qu'il pouvait. Lorsque la matrone fut dans l'eau, ce fut comme si elle revenait à la vie et elle se mit à crier et à se débattre entre les bras de mon ami. À travers le bruit des vagues, j'entendis qu'elle le traitait de pauvre type et de tocard. La main gantée de brun de mon ami émergeait de temps à autre. Il était diablement fort. Je me demandais d'où lui venait toute cette force.

Il nagea avec elle jusqu'aux hauts-fonds au sud de l'île, comptant, bien entendu, prendre pied là où le ressac serait moindre afin d'échapper au tourbillon entre les récifs. Je suivais tout cela des yeux et c'était comme si ma propre vie en dépendait. Quand il fut à portée de l'un d'eux, ce fut comme si la mer s'emparait de lui et de la matrone entre ses bras, pour les projeter sur le rocher comme deux poupées.

Il réussit à s'agripper à une pointe rocheuse et resta accroché là un moment, reprenant haleine après la nage. Il s'évertua ensuite à hisser la matrone sur le sommet verdâtre de l'écueil. Puis il se remit à l'eau. Elle hurla, cherchant à le rejoindre mais sans oser replonger à sa suite. Il mit le cap sur le bateau ; à présent ses deux mains émergeaient en cadence.

Je virai de bord et fis machine arrière aussi près du récif que possible. Je voyais scintiller le haut des algues entrelacées qui ondulaient gracieusement au gré des vagues. J'avais la main sur l'arrivée de gas-oil sur le pont, pour compenser l'effet du vent. J'étais prêt à donner du jus s'il risquait d'être aspiré.

Je courus à l'arrière tendre la main à mon ami pour l'aider à remonter à bord après qu'il eut nagé jusqu'au bateau, et puis j'accélérai vigoureusement afin de nous écarter des écueils.

Il resta couché sur le pont un petit moment, immobile et épuisé, tel un berserk* à l'issue d'un combat. Lorsqu'il recom-

* Dans les anciens récits norrois, les berserks étaient des guerriers redoutables, saisis d'une fureur meurtrière peut-être due à une drogue.

mença à bouger, il s'extirpa de la combinaison et se tint enfin debout sur le pont, en caleçon blanc et tee-shirt élimé pour tous vêtements.

Je dénichai pour lui une couverture dans la cabine et la posai sur ses épaules. Nous restâmes quelques instants silencieux, bercés par le lent mouvement des vagues. Du récif parvenaient le fracas du ressac et les cris affaiblis de la matrone qui s'était mise à genoux, les bras levés au ciel.

Je le regardai.

Je me demandais ce que j'étais réellement en train d'observer. Était-ce l'aspect humain de mon émotivité, le chanteur, mon ami sensible qui avertissait quand le sacré était en danger ? La voix de la nature ? Celui qui préservait le prisme des sentiments ? L'esprit qui ne doit pas mourir ? La force ancestrale qui vous envoie les rêves ?

Puis il dit :

Là, on peut voir la Mère Fouettard à Kolbeinsey.

•••

Je contemplai ce spectacle et j'en fus accablé. Pas au sens ordinaire comme lorsqu'on reçoit de mauvaises nouvelles, mais comme lorsqu'il n'y a rien alentour, ni au-delà, rien d'autre sur quoi poser les yeux ; cela s'abattit sur moi et les défenses cédèrent. J'étais là et je la regardais, cette femme pitoyable et tout ce qu'elle représentait, et cela me crevait le cœur, l'éternité était dans l'instant, car toute la vie et toute la souffrance étaient comme mises à nu – c'était comme le coup amorti qu'une grosse bête vous flanque avec sa queue et il me sembla entendre, à part moi, mon ami dépressif rapporter ce qu'un homme sage avait dit : qu'une image poétique n'était pas seulement le produit d'une expérience de la vie, mais aussi l'acceptation de cette expérience.

Je sentais la présence de mon ami là où je me tenais, près de l'abri du moteur, et j'avais l'impression qu'il enserrait ma poitrine de ses mains chaudes en criant que la souffrance était dans le corps. Que je ne pouvais pas enfoncer les doigts dans le sentiment fondamental grâce au seul usage des mots, tu entends ce que je dis ! Tout est noué ici et le flux est obstrué, de sorte qu'il s'agit de croquer des pilules jusqu'à la mort ou bien d'aller jusqu'au bout, et je sentis ses mains chaudes presser ma poitrine. J'éprouvai la nausée qui annonce que l'on va tomber dans les pommes, il n'y avait pas d'échappatoire, seulement quelques secondes avant que je ne m'éteigne, aussi m'étendis-je sur le capot du moteur et j'étais enfant, j'étais sentiment, je n'avais pas de langage bien que le sentiment fût pur et qu'il ne fût jamais exprimé par des mots, jamais ouvertement, seulement par du mime et par une inflexion de voix, sentiment que j'étais de trop, que je n'aurais jamais dû naître, que j'étais un accident, que j'étais indésirable et indigne de ma compagne, mon mal n'était pas laid, ce n'était pas un monstre en fin de compte, et je te prouverai que je peux exister ; tout ce que je fais est destiné à prouver mon droit à l'existence, je n'ai aucune valeur intrinsèque, la guerre a commencé là et des étincelles jaillirent autour des images qui défilaient dans mon esprit et mon cœur se réchauffait sous les mains de mon ami et il y avait là tant de beauté que la méchanceté mourut et la certitude arriva, silencieuse et forte, murmurant que c'est ainsi que ça tient ensemble et mon Dieu quel dommage qu'il y ait le sentiment en dessous. Tout en bas.

•••

Qui suis-je ? Que suis-je ? À qui appartient cette conscience ?

Telles sont grosso modo les premières questions qui se posent à celui qui sort d'un évanouissement et sent se ranimer sa conscience. Ça doit être comparable au fait de naître. Ce sont les questions les plus importantes que chacun reçoit au berceau de la part de la nature, mais elles resteront en quelque sorte hors de portée et, à la fin, il sera inutile d'essayer de leur trouver une réponse.

Je me soulevai sur un coude, sur le capot du moteur. Il en émanait un peu de chaleur qui faisait du bien. Je criai à mon ami dépressif que j'avais touché le fond, que j'avais compris ce qu'il y avait en dessous et que j'éprouvais une profonde gratitude. Je me dirigeai en boitillant vers la timonerie où je voulais le serrer dans mes bras de tout mon cœur et le remercier de ce voyage.

À mon grand étonnement, il n'y était pas, non plus que sur la banquette de la cabine. Je ressortis sur le pont à sa recherche, pensant qu'il devait être assis à l'arrière sur la lisse, tout au bout – mais il n'y avait personne. Je grimpai sur la timonerie en me tenant au garde-corps et criai son nom, j'appelai mon ami sur toute l'étendue de la mer sans limite. Mais il n'y eut pas de réponse. Rien que le grondement sourd du bris des vagues sur l'île et la mer sans fin.

C'est alors que mes yeux tombèrent dessus.

Tout au bout de la lisse s'était posé un petit papillon multicolore. Je me laissai descendre prudemment sur les genoux et m'inclinai devant cette merveille. Je le regardai fixement tout en pensant que ce n'était pas possible. Quelques rayons de soleil traversèrent le ciel nuageux et je vis la lumière jouer sur les ocelles des ailes jaune, rouge et orange qui battaient avec tant de lenteur et de beauté. Je contemplai les antennes vives et frémissantes de l'insecte.

Ce n'était pas possible ici, au large, tout au nord. Ça ne pouvait pas être *pour de vrai*. Ce devait être mon imagination. J'étais ému et en contemplant ce prodige, je me rappelai les mots sur la seule et vraie réalité. Au même moment, le papillon quitta la lisse et s'en alla voltiger dans l'espace. Médusé, je le regardai s'éloigner.

Après avoir perdu de vue cette étrangeté, je claudiquai sur le pont pour m'asseoir à nouveau sur l'abri du moteur. Le plus curieux, quand j'y prêtai attention, était le fait que, malgré la disparition de mon ami dépressif, je ne craignais rien pour lui dans mon for intérieur.

Je parcourus des yeux le renfoncement où gisait la combinaison de plongée. Au-delà du bateau à tribord, je distinguais la silhouette de la femme sur le récif. Quelque chose avait changé. Elle se tenait droite, c'est elle qui avait changé. Elle était là debout, à demi nue, bien plus féminine et plus claire d'aspect. Comme surgie de l'écume des flots.

Il fallait maintenant faire vite. J'aperçus une belle ancre attachée au bastingage de la proue par une chaîne et une ligne enroulée. Je sortis le canif et libérai l'ancre que je laissai couler en faisant chanter la chaîne. Elle toucha aussitôt le fond et parut s'accrocher ; la profondeur ne dépassait guère trois mètres. J'arrimai le bateau solidement et clopinai sur le pont où je m'évertuai à enfiler la combinaison de plongée. Le seul moyen d'y parvenir était de découper la jambe droite au-dessous du genou pour faire passer le plâtre. Je ficelai ensuite soigneusement le bord autour de mon genou avec la cordelette que j'avais trouvée dans la timonerie. Il faudrait que ça tienne. Une force chaude envahissait ma poitrine. Peu après, je faisais mes premières brasses vers Kolbeinsey pour en ramener la femme.

•••

Je sentis bientôt une ombre peser sur ma bonne intention. La nage s'avérait des plus pénibles. Je sentais l'eau s'infiltrer par la jambe de la combinaison et m'alourdir, le courant m'emporter et m'écarter de ma destination. Je nageais de toutes mes forces, sentant que je m'éloignais du but, que ma vigueur diminuait. Le sel me déchirait la gorge et mes bras ne répondaient plus correctement. Je distinguais les cris de la femme sur le récif au-devant de moi. Je commençais à flotter entre deux eaux ; en fait, je ne flottais plus et après m'être battu héroïquement pendant quelque temps, à ce qu'il me semblait, je sentis la défaite l'emporter sur moi et cela m'était égal. "Pardon" fut le dernier mot que je tentai de former avec mes lèvres. Je l'adressai à mon fils, si tant est qu'il pût l'entendre, où qu'il fût.

•••

Il ne me restait plus beaucoup de lucidité – assez cependant pour percevoir que la mer autour de moi tourbillonnait en l'air comme sous l'effet d'un cyclone. Je réussis à grand-peine à redresser un peu la tête en arrière et je vis alors un grand oiseau de fer planer au-dessus de moi. J'entendis tout à coup un vrombissement de moteur transpercer ma conscience et un homme descendit vers moi. Je me sentis soulevé, l'eau ruisselant de ma combinaison, et tout m'apparut dans un voile de brume. Je distinguai dans un interstice le visage de ma bien-aimée, portant un casque blanc, qui me regardait en pleurant et je vis que la femme du récif était déjà à bord, enveloppée d'une couverture. Elle me sourit timidement. La dureté de son visage avait fait place à de la douceur qui brillait dans ses yeux. Je savais qu'elle me suivrait toute la vie et qu'elle reprendrait bien entendu du poil de la bête. Mais ce serait surmontable, on ne pouvait pas en demander plus. Je n'avais pas souvenance d'avoir éprouvé un tel soulagement dans tout le corps. Mon cœur battait librement dans son péricarde et je sentis que mon ami dépressif était, de façon merveilleuse, toujours avec moi.

OUVRAGE RÉALISÉ
PAR L'ATELIER GRAPHIQUE ACTES SUD
REPRODUIT ET ACHEVÉ D'IMPRIMER
EN DÉCEMBRE 2022
PAR NORMANDIE ROTO IMPRESSION S.A.S.
À LONRAI

POUR LE COMPTE DES ÉDITIONS
ACTES SUD
LE MÉJAN
PLACE NINA-BERBEROVA
13200 ARLES

DÉPÔT LÉGAL
1re ÉDITION : JANVIER 2023

N° impr. : 2205847

(Imprimé en France)